마이웨이

윤광준의 명품인생

그책

오늘, 당신은 행복하십니까?

2011년 달력을 보니 힘이 솟는다. 굳이 십 년의 첫 해란 상징과 의미를 떠올릴 필요는 없다. 토끼처럼 선한 얼굴을 닮고 싶고, 뛰놀며 나다닐 생각만으로도 즐겁다. 지나간 세월은 그리워하지 말아야 한다. 앞으로 일어날 일과 만날 사람에 대한 기대가 있어 오늘도 분주하다. 여러 우여곡절을 겪었지만, 이 책이 신묘년의 '신묘한' 기운을 받으며 나오게 돼 기쁘다. 2010년 월드컵에 밀리고 '역전의 여왕' 배우 김남주에 순서를 내준 것도 잘한 일 같다. 기다림이 마냥 지루하진 않았다. 묵은해의 마지막 책이 아니라 새해의 첫 책이란 영예를 얻은 탓이다.

주제넘게 '명품인생' 운운해서 뒷골이 당긴다. 말의 책임이 얼마나 무서운지 안다. 뱉어놓은 말을 실천하고 증명할 시간은 빠듯할 것이다. 거짓 포장과 조급함을 지워버리면 조금 수월할지 모른다. 이런 마음을 품은 오늘의 나를 되새기기 위해 '데드 마스크'를 떠 벽에 걸어놓았다. 위인은 너무 버겁다. 범인은 만만해서 싱겁다. '명품인생'은 그 사이쯤의 선택이다. 하고 싶은 일과 충만한 시간으로 삶을 채우는 방법이 여기 있다. 뭐 하나 변변하게 내세울 것 없는 대머리 아저씨가 하는데 여러분이 못할 리 없다.

나는 세상의 덧없음을 사랑한다. 그래서 더욱 오늘 하루가 소중하고 아름다워야 한다고 여긴다. 이 나라 아저씨 아줌마들은 숨 막히고 어지러운 일상에 치이며 살아왔다. 할 만큼 했으니 이젠 뻔뻔해져도 괜찮다고 말해주고 싶다. 온전히 자신만을 위한 시간을 갖고, 관심사에 몰두한다 해도 누가 뭐라 하지 못한다. 가만히 있으면 아무도 챙겨주지 않는 게 우리의 삶이다.

모두 오른쪽으로 갈 때 왼쪽을 선택하는 사람도 있어야 한다. 욕망의 실현보다는 얼마나 충족하는지가 중요하다. 성공의 스테레오 타입은 이제 식상하고 지루하다. 돈을 벌어도 쓸 시간이 없다면 무슨 소용인가. 권력이 지나치면 개도 비웃고, 이름뿐인 껍데기는 세상이 다 안다. 성공의 반대편에서 충족의 방법을 모색하는 일은 이래서 필요하다. 만나서 껴안고 밥과 술을 나눠야 우정이다. 좋은 것을 함께 누려야 사랑이다.

인간사의 모순이 빗겨나도록 균형을 잡아주는 무게추가 필요하다. 삶이 영원하다면 얼마든지 고민하고 방법을 찾으며 실험할 수 있을 것이다. 유감스럽게도 우리에게 시간은 많지 않다. 세상은 지나온 세월을 딛고 성장한다. 선학의 말과 행동을 흘려버리지 말아야 할 이유다. 롤 모델은 가장 유익한 선생이다. 진심 어린 신뢰와 존경을 보낼 수 있는 롤 모델은 의외로 가까이 있다. 똑바로 서고 싶다면 우선 좋은 선생을 만날 일이다.

세상은 빛의 속도로 지나친다. 손 안의 스마트폰과 아이패드는 조급함을 부추긴다. 하지만, 그보다 더한 것이 나와 미래를 뒤덮어도 인간의 속마음까지 바꾸진 못한다. 속도에 불화하는 심성은 여전히 느림을 선호하며, 차가운 기계 대신 따뜻한 인간의 체온을 그리워하는 마음은 변하지 않을 것이다. 속도를 거부하자는 얘기가 아니다. 이를 조절하고 선택하는 의지가 절실하다는 뜻이다.

잊기 전에 고마운 이들에게 감사해야 한다. 늘 나를 북돋아주는 그책의 정상준 대표와 꼼꼼하게 책을 엮어준 주상아 씨와 편집부에 감사의 마음을 전한다. 새해 첫 작업이 모두를 행복하게 해주면 좋겠다.

2011년 2월 비원에서
윤광준

CONTENTS

2

결국 치열한 것만이 남는다

3

절실한 욕망만 남기고 나머지는 버려라

4

행복해지고 싶다면

1

어둠은
언젠가 반드시

어둠엔 반드시 끝이 있다

제주 거문오름 용암동굴군은 유네스코가 지정한 세계자연유산이다. 제주시 구좌읍 김녕리에 있는 만장굴은 그 가운데 으뜸이다. 규모나 지질학적 가치, 경관의 아름다움은 사람들을 사로잡을 만하다. 총 길이 7킬로미터가 넘는 만장굴은 현재 일부 구간만 일반에 공개된다.

나는 만장굴이 세계자연유산으로 지정되기 훨씬 이전, 동굴의 전 구간을 탐사해본 적이 있다. 소수의 인원으로 어설픈 탐사대를 구성해 들어갔었는데, 일행 중 경험자는 아무도 없었다. 미지의 동굴 탐사는 허술하고 불안하기만 했다. 기초 탐사 지도조차 구할 방법이 없었다. 끝에 가면 출구가 있다는 현지 노인의 말 한마디만 믿고 출발했다.

동굴 내부는 나뭇가지처럼 갈라져 미로로 변하기 십상이다. 어둠 속에선 방향 감각을 쉽게 잃는다. 동굴에 가보지 않은 사람은 그

위험을 잘 모른다. 캄캄한 암흑의 세계는 기억과 감각은 물론 이성마저 헝클어뜨린다. 튜브와 같은 단조로운 용암동굴은 수월할 거라 여기겠지만 동굴엔 예측 못할 변수가 많다. 고립되지 않을 것이란 희미한 확신 이상의 보장은 없었다. 시원찮은 성능의 헤드 랜턴과 헬멧을 쓰고 혹시나 하는 마음에 예비 배터리를 챙겨 넣었다.

만장굴 탐사 기회는 아무에게나 오지 않는 행운이다. 기대에 찬 첫 발걸음은 경쾌했다. 하지만 캄캄한 어둠은 모든 것을 정지시킨 듯했다. 걷고 또 걸어도 동굴 내부의 모습은 출발 지점과 다르지 않았다. 무료함을 달래기 위해 노래가 나왔다. 번갈아 다 불러도 30분을 채 넘기지 못했다. 평소 꺼내지 못한 속 얘기도 다 털어놓았다. 모두의 이야기를 들었어도 여전히 어둠은 가시지 않았다. 어둠은 시간마저 잡아두는 모양이다.

과연 우리는 제대로 가고 있는 것일까. 동굴의 출구가 있다는 말은 사실일까. 함께 걷고 있었지만 각자의 머릿속엔 불안이 떠나질 않았다. 천장에서 떨어지는 물방울 소리만이 정적을 갈랐다. 한참을 더 걸었지만 시계를 보니 겨우 한 시간이 흘렀을 뿐. 용암이 흘러내린 흔적이 물결치듯 굽이굽이 이어졌다. 흔적이 멈춘 곳엔 날카로운 파석 무더기가 쌓여 있었다. 달라진 풍경은 지나온 거리를 증명한다. 한 시간이 더 흘렀다. 짐작대로라면 끝이 보여야 했다. 가도 가도 끝나지 않는 어둠은 공포로 변했다. 누군가 중얼거

렀다. "혹시 길을 잘못 들지 않았을까?" 일행은 술렁거리기 시작했다. 확인할 방법은 없었다. 누군가는 잘 알지도 못하면서 이곳으로 오자고 한 이에게 원망을 내비쳤다. 안전의 책임 소재를 따지는 공허한 음성이 동굴 안에 메아리쳤다.

온 길로 되돌아가자는 의견이 나왔다. 내분이 일었다. 서로 고성이 오갔고 자칫 치고 박는 싸움으로 번질 듯했다. 돌아가면 공포는 다스릴 수 있겠지만 탐사의 기쁨은 포기해야 했다. 내분을 진정시킬 유일한 방법은 출구를 확신하는 것뿐이었다. 모두 잠시 바닥에 앉아 토론을 벌였다. 흥분이 진정되고 계속 가보자는 의견으로 모아졌다. 포기의 오명만은 누구도 뒤집어쓰기 싫은 듯했다.

다시 앞으로 나아가 겨우 몸 하나가 빠져나갈 공간을 지났다. 고개를 든 동굴 천장엔 박쥐 떼가 까맣게 매달려 있었다. 잘 보이진 않아도 인기척에 놀란 박쥐들이 파닥거리자 한층 더 공포스러웠다. 여전히 동굴의 끝은 보이지 않았고, 여기 들어온 지 벌써 세 시간이 흘렀다. 누구도 말을 꺼내지 않았다. 모두의 머릿속은 공포를 넘어 죽음의 상상으로 가득 차 있었다. 내딛는 발걸음은 힘을 잃었고 랜턴의 불빛마저 희미해졌다. 이제 돌아갈 수도 없다. 지나온 절망의 시간을 또 반복해야 하는 탓이다. 오기로라도 희망을 갖는 것이 낫다.

어둠은 죽음처럼 무거웠다. 그때 누군가 소리쳤다. "빛이다!" 저 앞에서 캄캄한 어둠을 비집고 희미한 서광이 비쳤다. 누가 먼저랄 것도 없이 모두 뛰기 시작했다. 다가선 동굴의 끝은 하늘을 향해 뚫려 있었다. 영감님의 말이 맞았다. 그곳을 통해 수정처럼 투명하고 단단한 빛의 다발이 쏟아져 동굴 내부를 채웠다. 눈이 부셔 현기증이 날 만큼 빛은 강렬하고 찬란했다. 한 사람이 동굴 바닥에 무릎을 꿇고 성호를 그었다. 각자의 하느님, 부처님, 아버지, 어머니를 부르는 소리가 들렸다. 죽었다 살아난 심정이 그와 비슷할 것이다.

그로부터 10년도 더 지나 사람들을 부추겨 다시 만장굴을 찾았다. 이번 동굴 탐사는 웃고 떠들며 걷는 유쾌한 소풍 같았다. 가이드가 있으니 불안하지 않고, 길을 잃을 염려도 없었다. 사람들의 반응은 약속이나 한 듯 똑같았다.

"별것 아니네!"

이제 나는 더 이상 만장굴엔 들어가지 않을 것이다. 대신 지도와 가이드가 없는 미지의 동굴을 찾아볼 요량이다. 불안과 공포를 껴안고서라도 예상 가능한 결말을 허용하지 않는 짜릿함을 맛보고 싶다. 어둠의 끝에서 찬란한 빛을 만났을 때의 그 생생함을 다시 한번 느끼고 싶기 때문이다.

날아가는 공엔

골대가 필요하다

너른 초원에서 꼬맹이들이 농구를 하고 있었다. 선수는 두 명, 골대는 달랑 하나뿐이었다. 몽골 마을에는 또래의 친구가 거의 없다. 편을 갈라 수비와 공격을 할 인원이 없으니 두 개의 골대가 필요 없다. 나무로 얼기설기 만든 농구대는 광활한 대지에 삐죽 솟아 있었다. 꼬맹이들의 땅은 넓고 넓다. 벌판은 곧 운동장이고, 초원은 뒹굴기 좋은 매트다.

한낮의 열기를 지운 오후 시간은 싱그러운 바람으로 상쾌하다. 초원의 정적이 둘뿐인 선수의 발소리와 공이 골대를 맞고 튕겨 나오는 소리로 깨졌다. 농구 경기는 나 하나뿐인 관객까지 더해 열기를 띠었다. 모자를 쓴 녀석의 실력이 돋보였다. 좀처럼 공을 빼앗기지 않는 압도적 우세다. 상대의 어설픈 수비를 뚫고 공이 날아간다. 허공에 멈춘 공은 마치 검은 태양 같다. 사진의 마력인 순간의 정지를 통해 공과 하늘은 초현실주의 그림 같은 풍경으로 남았다.

스포츠는 단순해서 매력적이다. 크기와 높이가 같은 골대는 공평해서 좋다. 선수의 숫자도 같다. 키와 몸무게가 다르고 하나가 두 몫을 해내도 인원을 늘리지 못한다. 달려가야 할 곳도 정해져 있다. 최종 목표는 늘 골대를 향해 있다. 상대의 저항은 두텁고 만만하지 않다. 마찰과 수비가 없는 경기는 없다. 바람과 물살, 중력과 탄성, 거친 몸놀림의 수비수가 늘 앞을 가로막는다. 시간 역시 엄격하게 정해져 있다.

스포츠는 제한된 조건, 한정된 시간 안에서 매번 내용이 다른 극적인 드라마를 만들어낸다. 죽을힘을 다해 장애물을 밀어내야 선수는 앞으로 나아간다. 최선의 기량으로 수비를 뚫어야 공격수는 골을 넣는다. 충돌로 인한 변수는 아무도 예측하지 못한다. 정교한 데이터와 충실한 시나리오도 힘을 쓰지 못한다.

지기 위해 뛰는 선수는 어디에도 없다. 가장 먼저 결승점을 통과하는 기분, 결정적인 골을 넣는 짜릿함은 일상에서 맛보기 어려운 환희로 이어진다. 이겨야만 느낄 수 있는 강렬한 쾌감을 얻기 위해 수많은 선수들이 기꺼이 제 몸을 부수며 뛴다. 분명한 목표를 향해 달리는 인간은 건강하다. 스포츠가 아름다운 것은 복선을 깔지 않기 때문이다. 이는 있는 그대로를 좋아하고, 감정의 떨림으로 현재를 확인하는 원초적 상태와 비슷하다.

사랑에 이유를 달면 구차해진다. 사랑을 얻기 위해 필요한 규칙은 진심뿐이다. 진심으로 공격과 수비를 반복하며 마음과 몸을 여는 스포츠 역시 연애다.

빈 공간에서 본 꼬맹이들의 농구는 깔끔했다. 공을 던져야 할 골대 뒤엔 복잡한 배경 따위는 없다. 하늘과 맞닿은 조악한 골대는 자체로 선명한 목표였다. 꼬맹이들은 골대의 작은 구멍을 향해 연신 공을 날렸다. 열 번 던지면 한 번 정도 들어가는 식이었지만 아무도 상관하지 않았다. 시간이 흐를수록 꼬맹이들의 폼은 능숙하게 변해갔다. 이들은 매일매일 성장할 것이다. 던지고 또 던지다 보면 NBA 스타들 못지않은 실력을 갖추게 될지도 모른다.

농구의 본령은 골대로 들어가는 공이다. 뛰어난 기량의 선수도 골을 넣지 못하면 아무런 소용이 없다. 더 정확하게 많은 골을 넣으려면 연습을 해야 한다. 재능과 한때의 열정만으로 골은 들어가지 않는다. 골대의 구멍이 함지박만 하게 보일 때까지 던지고 또 던져야 골 게터로 올라선다.

마냥 골을 던지기 전에 골대의 위치부터 확인하자. 골대의 수가 쓸데없이 여러 개로 늘어나지 않았는지도 살펴야 할 일이다. 혹은 없어진 것은 아닌지 눈을 씻고 찾아봐야 한다. 골대가 분명하다면 다행이다. 여러 개로 늘어났다면 점점 어려워질 것이다. 아주 없어졌다면 절망이다.

텅 빈 초원에서 바라본 꼬맹이들의 농구는 나의 골대를 다시 돌아보게 했다. 이들이 보여준 것은 농구가 아니다. 정지된 공이 어디로 가야 할지 일러주었다. 세상의 모든 풍경은 의미를 더할 때 새롭게 보인다. 그러니 날아가는 공엔 반드시 골대가 필요하다.

의지와 열정의 순도

여름철 납량특집 프로그램의 단골은 구미호다. 꼬리가 아홉 개 달린 여우, 구미호 이야기는 지치지 않고 재생산된다. 지방에 따라 백 명의 남자를 잡아먹거나 결혼해 백 일간 정체를 들키지 않고 살면 인간이 된다는 정도의 차이가 있을 뿐이다. 단군신화에도 웅녀가 마늘과 쑥만 먹으며 백 일을 견디는 내용이 나온다. 왜 하필이면 백 명 혹은 백 일일까. 그 상징의 의미는 바로 완성이다. 아홉에 하나를 더해야 열이 채워지므로. 구미호는 아홉 번째 고비에서 번번이 무너진다. 마지막 한 명 혹은 마지막 하루가 문제를 일으킨다. 평상심 대신 조급함이 앞서거나 연민에 휘둘려 저지른 실수가 원인이다.

물도 99°C에서 1°C를 더 올려야 비로소 끓는다. 99°C의 물은 소리만 요란하지 끓어 넘치는 법이 없다. 과학에 밝은 친구의 얘기론 비등의 임계점에서 순간 에너지가 더 많이 필요하다고 한다. 마지막 하나를 채워 완결시키기 위해서는 어떤 경우건 온 힘을 다해 고비를 넘겨야 한다.

유감스럽게도 구미호가 인간이 된 경우는 듣지 못했다. 구미호 전설은 인간의 속성을 가장 잘 드러내는 우화 중 하나다. 외부의 상황보다 자신과의 싸움에서 더 쉽게 무너지는 인간을 말하고 있기 때문이다. 처음 뭔가 시작할 때는 누구나 의욕이 넘친다. 의욕에 지지 않는 열정으로 성과를 만들어간다. 변곡점을 넘나들며 실패와 성공의 갈림길에 서기도 한다. 긴장의 끈을 팽팽하게 유지하며, 실패는 반전의 에너지로 채우고 성과를 굳혀야 안심이다.

마지막 마무리가 제일 어렵다. 밑심으로 끝까지 버텨야 완결이다. 일정한 높이까지 오르면 지키는 게 더 힘들다. 날마다 새로운 어려움과 맞닥뜨리게 되는 탓이다. 문제에 대응하고 현재를 유지시키는 일은 몇 배의 에너지가 필요하다. 대부분 여기서 무너진다. 에너지는 바닥을 드러내고 포기하고픈 마음은 점점 커진다. 구미호의 아흔아홉 번째 단계에는 거의 예외가 없다.

살면서 재능 있는 후배들을 여럿 보았다. 10여 년이 지난 지금, 그들을 현장에서 찾기란 쉽지 않다. 처음엔 그들도 남들보다 뛰어

난 능력으로 승승장구했다. 좋은 차와 명품을 과시했고 큰 아파트에 살며 부러움의 대상이 되기도 했다. 유감스럽게도 재능의 힘은 거기까지였다. 가진 재주는 바닥을 드러내기 시작했다. 막연한 불안감을 뛰어넘는 그 이상의 행동은 없었다. 현재가 유지되리란 근거 없는 희망으로 그들은 성장하려는 노력을 멈추었다.

더 강력한 무기로 무장한 신예들이 나타나기 시작했다. 재능은 금방 무장해제되고, 낡은 능력은 쓰임새를 잃었다. 자리에서 밀려난 후에야 그들은 비로소 자신이 갖고 있다고 여긴 재능의 실체를 파악했다. 성장을 멈춘 재능은 얼마든지 대체된다. 조직이 감싸준 외피를 벗겨낸 그들의 힘은 부실하고 무력했다. 집과 차를 팔고 빈털터리가 되기까지 채 몇 년이 걸리지 않았다.

그들에게 조직 밖의 세상은 못할 일만 넘치는 고약한 판이었다. 과거의 알량한 영화는 그리웠고, 새로운 모색의 수단은 멀었다. 독립적 삶을 꾸리는 것에 실패한 한 후배는 어느 날 종적을 감췄다. 몇 년 후 그를 보았다는 사람을 만났다. 보험 외판원으로 나타난 후배의 몰골은 왜소하고 초라했더란 말을 전해 들었다. 상승의 끝은 있어도 추락의 끝은 없다. 서울역 지하도를 점거한 노숙자의 상당수는 한때 남들의 부러움을 사던 이들이다.

재능은 고단한 반복과 지루한 연마를 통해 성장한다. 하늘이 내린 천재를 제외하면 인간의 재능이란 거의 비슷하다. 보통 사람이 노력으로 재능을 갈고 닦아 성과를 내는 것은 축복에 가깝다. 꾸준히 노력하는 것은 언제나 힘들고 괴롭다. 끝이 언제냐고 묻지 마라. 절망과 포기의 유혹이 가장 커지는 아흔아홉 번째 단계를 넘어야 겨우 알게 된다.

마지막을 의식하고 하나하나 세어 가면 더 어려워진다. 무슨 일을 하건 우선 즐겁고 신나야 한다. 재미에 빠져 흠뻑 취하다 보면 의미 하나는 건지게 마련이다. 중요한 것은 구미호가 인간이 되느냐 마느냐가 아니다. 인간이 된 후 무엇을 할지 꿈이 있어야 한다. 구미호에게 꿈이 있었다면 마지막 단계를 수월하게 맞이했을지 모른다.

사람에겐 10년이 적당하다. 10년간 한결같이 뭐라도 꾸준히 하면 없던 능력도 생기는 게 사람이다. 능력을 갖추면 변신은 쉽다. 하고 싶은 일을 하며 살 수 있는 최고의 무기가 있으니 말이다. 꿈을 꿀 줄 알고, 노력할 줄 아는 구미호는 반드시 인간이 된다. 그것도 멋진 미인으로…….

지금 이 순간이
정점의 토대다

중국 시안은 주나라에서 당나라를 거치며 천 년 넘게 번성한 도시다. 가장 번영했던 당대엔 인구 백 만이 넘는 세계 최대의 계획도시로 장안(長安)이라 불렸다. 유럽에서 동경해 마지않았던 국제도시로도 유명하다. 당나라 멸망 이후 이 도시는 쇠퇴와 파괴의 시간으로 이어진다. 긴 역사를 가진 만큼 시안에는 볼거리가 많다. 대표 유적인 진시황릉과 병마용갱은 인류의 문화유산이다. 시안의 유적들을 돌아보며 책에서만 읽었던 역사적 사실을 확인하는 것은 무척 흥미로웠다. 1500년 전 세워진 장안성의 규모와 도시 설계의 반듯함 역시 상상을 뛰어넘는다.

시안에서 가장 관심이 가는 곳은 한양릉이다. 그곳에서 발굴된 부장품 때문이다. 이천 년 전의 무덤 속에서 나온 유물은 일약 국제적 관심을 끌었다. 중국을 방문한 프랑스 대통령이 일정을 바꾸어 찾을 정도였다. 한양릉은 시안 외곽에서 북쪽으로 20킬로미터 정도 떨어져 있다. 1990년 고속도로 공사 도중 우연히 발견되어 세상에 알려졌다. 오랜 기간의 발굴을 거쳐 현대화된 박물관 시설이 들어선 한양릉 내부는 2006년에야 일반에 공개됐다. 한양릉의 존재를 중국 내에서도 모르는 사람이 많은 이유다.

나는 한양릉 부장품을 꼭 한 번 보고 싶었다. 하지만 이것저것 찾아봐도 정보와 자료가 충분하지 않아 무작정 가서 보는 방법밖에 없었다. 보고 싶은 것은 직접 찾아보고, 알고 싶은 것은 확인해야 직성이 풀리는 성미 탓이다. 시안은 지구의 반 바퀴를 돌아야 닿을 만큼 먼 곳도 아니고, 비행기 표 끊고 비자를 받으면 금방 갈 수 있다. 시간과 돈, 꼼지락거리는 수고를 들여 해결되지 않는 욕구와 욕망은 오히려 드물다.

한양릉 내부는 모두 81개의 용갱으로 이루어져 있다. 중국 정부는 보존을 위해 한쪽 면만 발굴을 마치고 공개했다. 황토를 헤치고 발굴된 부장품의 규모는 어마어마했다. 중국의 순장 풍습에 따라 빚은 각종 토용은 여전히 황제를 호위 중이다. 부장품 바로 위에 유리 복도를 설치해 관람객은 지나가며 내부를 들여다볼 수 있다.

이천 년 전 땅에 묻힌 토용은 미래의 인간과 쑥스럽게 조우했다. 능 안의 황제는 보이지 않고 이름도 희미하다. 시간을 딛고 남은 것은 토용뿐이다. 과거의 영화는 스러졌고 고작 흙과 돌로 만든 인형들이 더 빛난다. 이천 년의 간격은 1미터 남짓한 거리로 압축

됐고, 그곳에서 맛본 감흥은 각별했다. 토용들이 형체 없는 역사를 생생하게 재현하고 있었다.

진시황은 최초로 중국을 통일했지만, 그가 세운 진나라는 18년밖에 존속하지 못한 중국의 최단명 왕조다. 통일에서 멸망까지의 과정은 숨 가빴다. 통일의 위업을 지키기 위해선 가혹한 공포 통치가 필수였을 것이다. 폭력은 폭력에 의해 무너지게 마련이다. 진시황은 전장의 전차 안에서 죽음을 맞이했다.

진나라가 멸망한 이후 한나라가 들어섰다. 한은 지긋지긋했던 전왕조의 폐습을 과감히 개혁한다. 한 무제의 아버지인 경제(BC 188~141)가 바로 한양릉의 주인공이다. 한나라는 진 왕조가 저지른 폭력과 억압의 흔적들을 선정과 문화의 풍요로 급격히 씻어냈다. 왕조가 교체된 지 50년이란 짧은 시간 동안 이룩한 변화다. 내용은 놀라웠다. 용갱 안의 부장품들은 진 왕조의 흔적을 지우고 부드럽고 평화로운 표정으로 가득했다. 역사의 변혁과 선택은 순식간에 이루어지고 세상도 바꾼다.

같은 도시에서 양극단의 폭력과 화평이 펼쳐진 것이다. 야망과 도전, 수용과 변화의 모순을 정교하게 엮어놓은 드라마는 실제 벌어진 일이다. 혹독한 체험의 반동은 백성들의 새로운 선택으로 이어졌다. 얼토당토않은 일들을 벌이고 또 수습하며 내막은 잘 알지도 못한 채 반목하고 극적으로 이해하는 드라마가 인간의 삶이고 역사다.

용갱 내부를 찬찬히 들여다본 그 순간의 경이로움은 잊을 수가 없다. 팔뚝 크기 정도인 인용들과 부장품들의 표정은 살아 있는 듯 생생했다. 용갱 내부에 인용을 배치한 솜씨는 그 자체로 예술이었다. 소와 말, 양, 개, 닭 등 가축의 묘사는 세밀하기 그지없었다. 역할에 따른 사람들의 모습과 표정 역시 실제 같았다. 점토로 빚은 인용들은 백성들이다. 새로운 나라가 꿈꾸는 이상의 세상을 구성하는 중요한 사람들이다. 다양한 표정을 지닌 인용들은 보면 볼수록 신비로웠다. 몸통은 갸름하고 단순하게 묘사된 성기로 남녀를 구분해놓았다. 어떤 얼굴의 표정은 존재의 심연을 담은 듯 어두웠고, 또 다른 얼굴은 환히 웃으며 기쁨을 퍼뜨리고 있었다. 간혹 부처의 무심을 닮은 표정을 지은 인용들도 보였다.

이천 년 전에 존재한 인간들의 감각과 예지는 놀라웠다. 그들은 절망도 희망도 인간이 만든다는 것을 잘 알고 있었다. 인간이 실천한 변화는 위대함이라 불러야 옳다. 이상적인 형태로 승화시킨 인용의 형상이 보내는 메시지는 희망이다. 각각의 표정에 미래의 바람과 이야기가 담겨 있었다. 간절한 기원의 순간에 거짓은 끼어들지 못한다.

한양릉은 용갱 하나하나가 매력적인 예술품이다. 눈에 비친 모습만으로도 현대미술의 조형성을 압도한다. 이천 년의 시차를 느낄 수 없는 그 참신함을 보면서 고스란히 지상에 옮겨 놓고 싶었다. 진화가 반드시 진보를 의미하진 않는다. 인간의 예지란 시대와 관계없이 우뚝하다. 과거의 시대가 열등하다고 말하는 건 현재를 사는 우리들의 지독한 오만이다. 최선을 다해 이루어 놓은 현재가 업적이자 곧 정점이다.

삶은
죽음 옆에서
숨 쉬는 것

인간이 죽음을 맞이하는 태도는 두 가지 유형으로 나뉜다. 이집트의 파라오와 중국의 진시황이 그 예를 제대로 보여준다. 현인신 파라오는 등극과 함께 자신의 무덤인 피라미드를 지으라 명했다. 인간 진시황은 신을 꿈꾸며 불로장생의 영약과 권력으로 죽음과 맞섰다. 피할 수 없는 죽음을 의식한 점은 같았지만 그들의 행동은 전혀 달랐다.

신이었던 인간 파라오는 피라미드를 매개로 하늘에 닿고자 했다. 인간이었던 신 진시황은 땅 속에 마련한 자신만의 세계에 고립됐다. 한 죽음은 눈에 보이고 다른 하나는 보이지 않는다. 눈에 보이는 피라미드의 내부는 별 장식 없이 단출하다. 눈에 보이지 않는 진시황의 무덤은 현세의 영화보다 더 화려하다. 영원한 삶에 대한 기대도 이처럼 극단적인 대비를 보인다.

파라오는 죽은 후 새로운 삶을 기약했다. 이집트의 파라오들은 돌아올 영혼을 담는 그릇이 될 미라에 집착했다. 진시황은 새로운 삶을 포기했다. 현세의 영화보다 더 나은 삶은 없을 것이기 때문이다. 자신의 무덤에 그는 화려한 거처도 모자라 호위병까지 두었다. 물론 파라오나 진시황 둘 다 죽음이 가져올 단절을 두려워했다. 파라오는 미래의 백성을 위해 선정을 베풀었다. 다시 얻은 삶을 펼칠 나라가 필요했기 때문이다. 진시황에게 천하통일 위업은 단 한 번이면 족했다. 불안은 백성의 손과 발을 묶고 책을 태우는 것으로 희석됐다.

영원한 삶을 절실히 원했던 진시황의 무덤과 병마용갱을 돌아본 적이 있다. 모형으로 재현시킨 무덤 내부와 거대한 규모의 발굴지는 소문대로 엄청났다. 지하 무덤엔 산과 수은이 흐르는 강, 별이 총총하게 박혀 있는 하늘도 있었다. 아름다운 궁녀들과 문무백관의 숫자도 그대로다. 누구도 들어올 수 없도록 웅장한 성벽을 쌓고 침입자를 차단하는 부비트랩도 설치해두었다. 영원의 공간은 천 년이 지나도 스러지지 않을 듯 단단했고, 누구도 넘보지 못할 정도로 완벽했다.

땅 속의 보이지 않는 삶은 영원할 듯 보였다. 우물을 파던 농부가 우연히 진시황의 잠을 깨웠다. 내부를 파헤칠수록 진시황의 권세가 얼마나 대단했는지 드러났다. 황제를 호위하는 병마용군단의 규모는 한눈에 다 담지 못한다. 병용들은 단 하나도 같은 표정이 없다. 언제라도 칼과 창을 휘두르며 튀어나올 기세로 늠름하게 도열해 있다.

이토록 엄청난 백성의 희생과 군사들의 호위도 진시황의 죽음은 막지 못했다. 화려한 지하 궁전에는 어둠과 침묵만이 흐른다. 거대하고 달콤하며 황홀해도 차디찬 침묵의 삶은 부럽지 않다. 세계 최대 규모라는 죽음의 호사는 화석처럼 딱딱하게 굳어 가장 큰 허무의 공간으로 남았다.

개똥밭에 뒹굴어도 이승이 좋다. 살아 있기에 결핍과 번민의 씁쓸함도 소중하다. 웃고 울며 부대끼고 악다구니를 써도 살아 있는 오늘은 축복이다. 육신은 어차피 스러진다. 빤한 결말을 위해 쓸모없는 준비를 할 필요는 없다. 지난 역사 속 사람들이 살다 간 모습을 통해 우리는 각자에게 주어진 시간이 얼마나 짧은지 잘 알게 된다.

죽음 앞에서는 모든 것이 허망하다. 우리가 환생한 파라오와 세상을 호령하는 진시황을 본 적이 있던가. 그들의 위대함은 오히려 죽음을 늘 곁에 두고 살았다는 점에 있다. 죽음에 임박해 허겁지겁 쫓기듯 삶을 마감하는 보통 사람들과 대비되는 부분이다. 어쨌든 시간과 죽음 앞에서 파라오와 진시황, 그리고 우리 모두는 공평하다. 죽음과 대면하면 남아 있는 시간의 의미를 돌아보게 된다. 스러질 육신의 초라함과 감당 못할 허무는 먼 미래가 아닌 늘 곁에 있는 현실이다. 각자의 피라미드, 병마용갱을 준비해야 한다. 죽지 않기 위해서가 아니다. 잘 죽기 위한 최소한의 정리와 대비의 몸짓이 필요하다는 말이다.

진시황 무덤을 찾은 이유 하나는 건졌다. 황제의 죽음도 허망하긴 마찬가지라는 것. 무한한 권능과 의지조차 통하지 않는 인간의 종말은 단 한 번도 예외를 만들지 않았다. 죽음을 받아들이는 방식이 중요할 것이다. 그곳에서 나는 흙으로 빚은 병용 기념품을 하나 사 가지고 돌아왔다. 그 병용은 내게 죽음에 맞서는 방법을 일러주는 선생 역할이다.

말랑한 삶을 위해 딱딱한 죽음은 항상 곁에 두어야 한다.

花開富貴,

꽃 피는 부귀영화

우리나라 민예품의 매력을 요약하면 '투박한 기품'이 아닐까 한다. 우선 별다른 멋을 부리지 않고 재질의 느낌을 그대로 드러낸다. 한눈에 들어오는 강렬함은 당연히 없다. 찬찬히 들여다봐야 깊이와 기품이 느껴진다. 나무에 배인 본연의 아름다움을 드러내는 질박함이 있다. 말로는 부족하다면 대구보건대학 인당박물관의 '한국 명품 궤 컬렉션'을 보라고 권하고 싶다. 전통 궤의 진가를 진즉 파악한 한 인간의 안목으로 고른 컬렉션은 경이롭다. 빼어난 수작들을 모아놓은 그 컬렉션의 궤들은 느티나무의 깊은 색감과 결, 그리고 투박한 기품을 품고 있다.

조선 시대 양반들의 안방을 장식했던 궤는 해외에서 더 높은 평가를 받고 있다. 진정 좋은 것을 알아보는 눈은 동서양의 구분이 없다. 안목은 깊이의 표현이다. 객관적 판정은 수없는 비교로 습득된 확신이다. 세계에서 통용되는 우리의 아름다움에 대한 자부심도

커져야 옳다.

나의 옛 은사인 연극연출가 김정옥 선생은 경기도 퇴촌에서 얼굴박물관을 운영한다. 그곳에서 근대의 궤 하나와 마주쳤다. 궤 전면을 메운 꽃문양과 '花開富貴(화개부귀)'란 글자가 특이했다. 나무와 장식 쇠만으로 맵시를 낸 조선 중후기 양식의 중후함은 없다. 기껏해야 백 년 남짓한 세월을 묻힌 근세의 가구가 맞다. 정교한 만듦새와 예술성 때문에 눈에 들어온 것이 아니다. 대충 새겨넣은 듯한 꽃문양과 윗부분에 새겨진 '花開富貴'라는 글귀가 이질적이기 때문이다. 평생 부귀와는 거리가 멀었을 백성이 쓰던 궤였을 텐데 말의 성찬이 호화롭다. 갖지 못할 부귀는 불러보기라도 해야 원이 없었으리라. 그 궤를 보면서 부귀가 꽃처럼 피어나기를 소원하며 궤를 여닫았을 아낙네의 모습이 떠올랐다.

부자만 되면 모든 게 이루어질 것 같은 주술은 시대를 가리지 않는다. 돈만 벌면 저절로 따라올 부귀를 누가 마다할까. 부자가 되기 쉽지 않은 현실은 또 얼마나 고달픈가. 그래도 누구 하나 잘살겠다는 목표는 버리지 않는다. 그 궤가 사용되던 시기의 부귀란 아마도 가족들 밥 굶기지 않고 살 수 있는 정도였을지 모른다. 예나 지금이나 이루기 쉽지 않은 일이다. 열심히 일하고 눈치 보며 달려가야 얻을 수 있는 성과다.

그렇다면 곤궁함을 어느 정도 떨쳐버린 지금 잘 먹고 잘살려면 어떻게 해야 하는 것일까. 여전히 부귀만 꽃처럼 피어나면 다 해결되는 것일까. 사실 부귀를 얻으려면 다른 것에 신경 쓸 겨를이 없다. 살아보니 동시에 두 개를 다 이룰 수 없음을 알겠다. 부귀는 많은 것을 포기한 대가로 얻는다. 꽃처럼 피어오른 부귀는 세월과 욕망을 옥죄어 바꾼 것이기도 하다. 그런데 과연 부귀와 행복은 동일선상에 있을까? 한 번도 부자 행세를 해보지 못한 나의 의문이다.

부귀가 젊어서 찾아온다면 행운이다. 부귀를 행복으로 바꿀 시간이 남아 있을 테니까. 부귀가 늙어서 찾아온대도 다행이다. 그때부터 부귀로 행복을 누리면 되니까. 늙어서도 부귀를 이룰 수 없다면 절망이다. 부귀도 행복도 제 것으로 만들 시간이 없을 테니. 갑자기 초조해진다. 해는 저물고 갈 길은 먼데 등짐의 무게는 줄어들지 않는다.

부귀라는 꽃을 피우지 못한 대부분 사람들의 처지는 똑같다. 부귀를 동시에 바랐던 욕심을 버리면 가능할지 모르지만, 해결의 조짐은 쉽게 보이지 않는다. 제아무리 좋고 화려한 부와 명성도 때를 맞추지 못하면 빛나지 않는다. 쓰지 못하는 돈은 종잇장일 뿐이고 불러주지 않는 이름은 소용이 없다. 살아서 누리지 못할 부귀는 허상일 뿐이다.

부귀만 생기면 그때부터 행복할 수 있다는 논리는 과연 실현 가능할까. 행복도 연습을 통해 커지는 재능이다. 꿈의 모습과 내용을 스스로 그려야 한다. 행복의 실현을 위해 부귀가 필요하고 세상의 힘이 더해져야 더 큰 완성을 이룬다. 허겁지겁 부귀만을 좇는다고 꿈과 행복이 절로 찾아오지 않는다. 행복이란 부귀보다 삶의 내용에 더 크게 좌우된다.

거대한 태양을 가린
작은 달

한반도에서 61년 만의 일식이 일어나던 날. 신문 기사를 꼼꼼히 챙겨 읽으며 꼭 보기로 작정했다. 그날은 길에서도 해를 보고 있는 사람들이 여기저기 눈에 띄었다. 작업실에 가던 길에 본 고등학생들은 삼삼오오 모여 검정 셀로판지를 눈에 대고 열심히 하늘을 관찰하고 있었다. 일식을 보려면 그을음을 묻힌 유리판이나 검정 셀로판지, 그것도 없다면 CD 등이 필요하다. 세기의 장관은 이런 조잡한 물건들이 없으면 보지 못한다. 약에 쓰려면 개똥도 구하기 어렵다더니 검정 셀로판지도 마찬가지였다. 동네 문방구를 몇 군데나 돌아다닌 끝에 겨우 몇 장을 샀다. 지구가 도는 속도만큼 일식은 빠르게 진행된다. 셀로판지를 사는 동안 우주의 장관이 반이나 흘려가 버렸다.

살면서 일식을 처음 보았다. 올려다본 태양은 이미 반 쯤 가려져 밝은 상현달 같은 모습을 하고 있었다. 왼쪽으로부터 침식당한

태양의 면적이 1/3 정도 남자 생각보다 빠른 속도로 태양은 빛을 잃어갔다. 주변의 분위기가 심상치 않았다. 투명한 햇살은 그대로인데 어둑한 느낌이 확연하고, 구름에 가린 어두움과 다른 괴기스러움이 번져왔다. 광량의 감소는 온기마저 떨어뜨려 기상대의 예고대로 일식 시간 동안 기온이 2~3도 낮아진 듯했다. 어둡고 서늘해진 단 두 시간 동안의 변화는 놀라웠다. 지구는 태양으로부터 에너지를 공급받는다는 단순한 진리를 몸소 느꼈다. '과연 그럴까?'라는 의혹은 '역시 그렇다!'로 바뀌었다. 자연의 가공할 힘을 체험한 순간 마음은 경외감으로 가득해졌다.

내게 들어오는 외부 에너지가 반으로 줄어든다면 바로 반응이 일어나고 그 위력도 상상보다 클 것 같다는 생각이 들었다. 결핍에 더 민감하게 반응하는 게 사람이다. 당연하게 여겨 의식하지 못했던 관계의 에너지 또한 항상 고정되어 있지 않을 것이다. 우리는 직업, 우정, 사랑, 믿음, 희망 등 많은 에너지원에 둘러싸여 살아간다. 에너지의 양은 늘어나기도 하며 줄어들기도 한다. 필요한 것은 내부의 균형이다. 자신의 힘으로 끝없이 좌우를 저울질하며 추의 위치를 옮겨야 기울지 않는다.

외부 에너지를 차단시키는 것은 의외로 사소하고 하찮은 말과 행동들이다. 스스로 챙기지 못하고 박대한 불화의 조짐이 관계의 에너지를 현저히 떨어뜨린다. 상대의 문제보다 자신의 처신이 더 큰 원인으로 작용하는 경우가 많다. 잘 느끼지 못했던 외부의 에너지가 줄어들면 바로 결핍이 찾아든다. 사람들은 상실의 아픔을 초연하게 받아들이지 못하면서 제때 주의하지 못하는 실수를 한다.

거대한 태양을 가리는 일식은 태양에 비하면 엄청나게 작은 달이 만든다. 태양과 지구 사이에서 달은 가공할 만한 위력을 발휘한다. 거대한 태양을 가리기 위해선 적당한 거리가 필요하다. 너무 멀어도 가까워도 일식은 일어나지 않는다. 달이 태양을 가리는 거리는 우연히 결정되지 않는다. 작은 손가락이 시야를 가려 앞이 보이지 않는 거리가 바로 그 지점이다.

우주의 룰은 엄정하다. 일식이 준 충격은 쉽사리 잊혀지지 않는다. 관계의 에너지를 키우는 방법은 무엇일까. 작은 힘을 우습게 여기지 않는 태도가 중요하다. 거대함의 틈새를 메우는 일은 언제나 작은 것이 맡는다. 때론 미미함이 거대함을 무력화시키는 이유다.

웃으면서 나눠주기

살다 보면 시혜와 수혜의 삶을 사는 사람이 따로 있다는 걸 느낀다. 퍼주며 사는 사람은 평생을 그렇게 산다. 받으며 사는 사람 역시 바뀌지 않는다. 주기만 하고 받지 못하는 섭섭함이 누군들 없으랴. 받기만 하는 사람들은 그것도 모자라 더 받기 위해 아등바등한다. 시간이 흐를수록 충만해지는 것은 오히려 주는 사람 쪽이다. 퍼주었던 넉넉함이 되돌아와 기쁨의 양을 늘린다. 그런 사람들 곁에는 늘 친구들이 버글거리고 욕먹을 일도 없다. 받는 쪽은 처음엔 유리해 보이지만 나중엔 빈곤하다. 잇속으로 채워진 관계는 주는 이가 사라지면 빈껍데기일 뿐이다. 자기 것만 챙기기 급급한 사람에게 남아 있을 우정과 존경은 없다.

마냥 퍼주는 사람이 여유가 넘치는 경우란 별로 없다. 돈과 물질만이 능사가 아니라는 얘기다. 마음 씀씀이의 문제다. 시간과 재주가 넘치는 이들은 그 능력을 나누기도 한다. 줄 것이 없다면 몸으로 때우면 된다. 몸을 움직여 해결되는 일들은 의외로 많다. 받기만 하는 사람의 바탕엔 지독한 결핍이 있을지 모른다. 아무리 채워도 포만감을 느끼지 못한다면 그것도 병이다. 탐욕과 인색함에 가로막혀 쌓아두기만 하고 나눠주지 못하는 것일 게다.

주고받는 관계란 생물계의 메커니즘이다. 생태계의 먹이 사슬은 먹고 먹히는 나눔의 규칙으로 유지된다. 자연의 모든 생물들은 일방적으로 주지 않으며 받지도 않는다. 풀과 나무, 벌레와 새, 짐승과 물고기의 관계는 공생이란 틀 안에서 서로 평등하다. 타인에게 베풀 수 있는 아량을 타고났다면 행운이다. 주는 기쁨은 따지지 않고 되돌려 받을 생각을 하지 않아야 한층 커진다. 받는 게 마냥 잘못된 것도 아니다. 타인이 베푸는 것을 기꺼운 마음으로 순수하게 받아들이는 것도 용기다. 받은 혜택을 잘 키워 필요한 이에게 되돌려주면 된다. 고마운 줄 모르고 받기만 하는 것이 습관이 되지 않도록 주의하면 된다.

배려는 행동으로 옮겨야 전달된다. 시혜의 기쁨은 나눌수록 커진다. 이미 우리는 넘치도록 갖고 있다. 편향과 독점은 불편할 때가 더 많다. 덜어내 가벼워져야 움직이기 쉽고 집착과 아집도 끊기 쉽다. 세상을 이롭게 하는 나눔은 묘비에 적혀 모두의 기억으로 남는다. 웃으면서 나누는 기쁨은 죽기 전에 터득할 일이다.

개펄에 자빠지며 잡은 숭어의 맛

어느 휴일 오후, 화성 남양방조제에서 숭어를 잡았다. 고기가 다닐 만한 길목에 그물을 치고 텀벙거리며 고기를 몰고 있노라니 즐거웠다. 고운 개펄이 깔린 방조제 앞 바닷물은 따뜻했다. 발가락 사이로 비집고 들어오는 개흙의 감촉은 부드러웠다. 그 온기와 질감은 여인의 살결처럼 포근하고 말랑했다. 바다를 어머니의 자궁이라 비유하는 이유를 알 것 같았다. 수렁 같은 개펄은 발목을 계속 빨아들였다. 지구 중력의 가공할 힘을 이처럼 실감나게 느껴본 적이 없다. "한 발이 빠지면 다른 발을 딛고 나오면 된다." 개펄에서 이런 상식은 통하지 않는다. 빠진 발을 빼려 하면 할수록 두 발 모두 개펄 속에 파묻힌다.

털퍼덕거리며 발걸음을 내딛지만 위치가 가늠되지 않는 바다 안 어딘가에서 숭어가 지나갈 것이다. 그물을 치고 걷으며 이곳저곳 이동해보았다. 몰이꾼이 시원치 않다는 핀잔만 돌아왔다. 더 크게 소리치며 텀벙거렸다. 물속의 숭어는 나를 비웃듯 발목 사이를 유유히 빠져나갔다.

한나절 내내 숭어와 대결을 벌였지만 결과는 뻔했다. 얼치기 어부에게 순순히 잡힐 숭어가 아니다. 마음만 조급하고 성과는 없었다. 오랜 시간 뻘 속을 헤치는 동안 체력 소모가 심해 배도 고팠다. 숭어를 잡아야 먹을 게 생긴다.

저녁 무렵이 되어서야 간신히 몇 마리의 숭어를 잡았다. 환호가 절로 나왔다. 자기 손으로 직접 잡은 먹을거리는 남다른 감동을 준다. 나와 일행 모두 신이 났다. 다시 그물을 치고 고기를 모는 몰이꾼은 한층 능숙하고 활기찼다. 어느새 숭어는 모두 먹어도 충분할 만큼 잡혔다.

갓 잡은 숭어로 회를 쳤다. 비늘을 대충 떼어내고 대가리를 잘라 편을 떴다. 여전히 펄떡거리는 숭어에게 칼을 대는 게 미안하기도 했다. 한쪽 껍질이 붙은 살은 단번에 저며야 한다. 여러 번의 칼질은 살을 뭉그러트린다. 두껍게 떠낸 회를 접시에 담았다. 여긴 얄팍하게 회를 뜨는 동네 횟집이 아니다.

직접 잡아 그 자리에서 먹는 숭어회의 맛은 각별했다. 신선하기 때문만은 아니다. 바닷물의 짭조름함, 바람의 냄새와 따가운 햇빛의 맛도 섞여 있다. 하루 종일 몸을 쓰며 직접 잡은 사연이 걸쳐 있어, 비싼 다금바리회보다 숭어가 훨씬 더 맛있게 느껴졌다. 이처럼

맛은 사연과 체험이 얽힐 때 강렬하게 각인된다.

숭어잡이는 아무 때나 하지 못한다. 때가 돼도 함께 갈 사람이 없으면 그만이다. 누가 부를 때 가지 못해도 기회는 없다. 돌이켜 보면 언제든지 할 수 있다고 생각하며 미뤄둔 일은 평생 한두 번의 사건으로 그쳤다. 오늘의 기회를 미루면 기약의 시간은 멀리 날아가버린다. 귀찮고 우스워 보이며 때론 쓸데없어 보이는 일과 돌발 상황이 즐거움을 만든다. 그 자리에 있다는 사실이 중요하다. 일을 벌여야 이야기와 사건도 생기고 추억도 쌓이는 법이다. 개펄에 빠져보지 않고 먹는 숭어회의 맛은 그저 그렇다.

금기는 깨뜨릴수록 좋다

세상의 모든 음식은 다 먹을 만하다. 먹어서 문제가 되었다면 애당초 요리로 만들어지지 않았을 테니까. 물론 사람들이 말만 들어도 고개를 젓는 이른바 혐오음식이 있기는 하다. 고양이, 금붕어, 달팽이, 거위 간, 원숭이 골, 모기 눈알, 굼벵이, 곰 발바닥, 심지어 전갈 등등. 프랑스 요리에도 엽기적인 식재료가 종종 등장한다. 금붕어와 고양이는 보통이다. 지방간이 생긴 거위의 간 푸아그라는 어떤가. 구더기가 득실거리는 치즈도 요리 재료로 쓰인다. 음식의 우열은 재료가 아니라 조리의 방법과 품격으로 구분된다.

보신탕을 즐기는 사람이 적은 것처럼 혐오음식이란 많은 이들이 보편적으로 즐기기에는 무리가 있다. 호기심 많은 미식가들을 위한 특별한 요리이거나 생존을 위한 선택인 경우가 많다. 특이한 요리는 식자재의 희소성과 특별한 조리법 때문에 아무 데서나 먹을 수도 없다. 호사가의 식탁 혹은 접대를 위한 주문일 경우에나 등

장한다.

나라와 취향은 달라도 인간이 선호하는 맛에는 공통점이 있다. 인류가 문명을 이루기까지 수많은 세월을 보내며 검증한 맛이다. 언젠가 남아프리카 공화국 요하네스버그의 한 유명 호텔에서 이벤트를 벌였다. 온갖 종류의 고기를 준비하고 최고의 맛을 골라보기로 했다. 사자, 악어, 천산갑, 나무늘보, 타조, 공작, 캥거루 등도 식탁에 올렸다. 세계 여러 나라에서 호기심 많은 사람들이 참석해 진지하게 이들이 내놓은 음식을 먹어보았다. 그들이 맛있다고 손을 든 쪽은 희소의 맛이 아닌 보편의 맛이었다. 소, 돼지, 닭, 양 등 평소 먹는 흔한 고기들이 선택되었다. 결국 인간들이 즐겨 먹는 식품은 사실 온갖 시도와 과정을 통해 선택된 진수란 얘기다.

나 역시 이 결론을 경험으로 수긍한다. 하지만 호기심이 생기는 것도 사실이다. 낯선 식재료로 만든 음식은 어떤 맛일까? 상상만으론 모자란다. 먹어보아야 즐기건 깨끗이 포기하건 할 수 있다. 오래전 나는 일본 나가노에서 물방개 유충으로 만든 요리를 먹어보았다. 통통한 벌레는 보기와 달리 단백질이 풍부한 영양식이란 느낌이었다. 식감도 맛도 먹을 만했다

이후 더 센 하드코어 음식, 송충이 튀김에 도전했다. 물방개 유충은 털 숭숭한 송충이에 비하면 아무것도 아니다. 두 눈 질끈 감고 한 입 베어 물자마자 감탄했다. 육식성 송이버섯의 맛을 상상해

보라! 선입견을 버리면 의외의 맛을 발견하는 기쁨이 있다. 지금도 메뚜기 초밥, 비단벌레 샐러드가 실제로 어디에선가 만들어지고 있다.

최근에는 중국 광저우에서 전갈 요리를 맛보았다. 대형 전갈은 보기만 해도 무시무시했다. 사탕수수대와 함께 끓인 전갈이 접시에 담겨 있었다. 일본에서 먹은 송충이는 튀김옷에 입혀져 실물이 보이진 않았다. 그런데 눈앞의 전갈은 아무리 비위가 좋아도 선뜻 먹을 엄두를 내지 못했다. 나를 초대한 호스트가 사람들을 안심시키며 노란 색깔의 수프를 먼저 권했다. 맑은 기름이 동동 떠 있어 그런대로 미각을 자극했다. 독충이 들어가 기분 찝찝한 부분만 빼면 색과 향은 일품이다. 눈을 질끈 감고 들이켰다. 달착지근하고 끝맛이 고소했다. 굳이 표현하자면 새우 같은 갑각류의 맛을 연상하면 된다. 수프를 연거푸 두 사발이나 들이킨 것은 호기가 아니었다.

전갈의 시커먼 몸통은 흉측했다. 주저하는 나를 보고 호스트가 시범을 보였다. 그는 독이 든 양 집게발을 떼어내고 가슴 부분을 눌러 터져 나온 육즙을 빨아 먹었다. 저 사람도 먹으니 죽진 않을 것이다. '에라 모르겠다, 따라 먹어나 보자' 하며 전갈을 입에 넣었다.

놀랍게도 잔뜩 찡그려졌던 내 표정은 이내 감탄으로 바뀌었다. 약간 짭짜름하고 흙냄새를 풍기는 벌레 특유의 맛이 국물과 어우러져 독특했다.

동행한 사람들은 아무도 전갈을 먹지 않았다. 그 덕에 혼자서 전갈 서너 마리를 해치웠다. 독점의 호사도 가끔은 괜찮다. 전갈 한 마리에 독한 백주 한 잔을 걸쳤다. 적당히 오른 취기와 귀한 음식을 먹은 즐거움으로 행복했다. 미각도 늙으면 쇠퇴하는 감각이다. 더 나이 들어 맛조차 잃어버린 신세란 처량하기 짝이 없을 것이다. 산해진미가 앞에 놓인들 무슨 감흥을 느끼겠는가. 그러니 호기심을 자극하고 감별의 기대가 있는 음식을 먹는 즐거움은 미루지 말아야 한다.

섣불리 머리로만 세상을 재단하고 금기와 금지의 숫자를 늘려갈 이유가 없다. 아집은 버릴수록 편해진다. 할 수 있을 때 미루지 말고 다 해봐야 아쉬움이 덜하다. 색다른 맛의 도전도 인생의 풍요를 누리는 한 방법이다. 입에 맞지 않을 땐 뱉으면 그만이다. 새로운 발견의 기쁨은 널려 있다. 괜한 고집으로 밋밋하게 사는 동안 나이만 먹는다.

2

결국
치열한 것만이
남는다

Detroit

사소한 욕망과 사이좋게 지내기

세상사 온갖 문제는 돈으로 해결해야 효율적이고 신속하다. 귀신도 불러내 춤추게 하는 것이 돈의 위력이다. “잘난 사람도 못난 돈, 못난 사람도 잘난 돈” 판소리 흥보가의 구절처럼 돈이 사람 구실을 하게 한다. 가지고 있는 돈의 액수에 따라 기분도 달라진다. 현실 세계에서 돈보다 큰 힘을 발휘하는 것은 별로 없다. 나 역시 살아 보니 돈 쓰는 재미가 으뜸이다. 누군들 돈 쓰는 재미를 모르랴. 다만 돈은 언제나 모자란다는 사실이다. 돈이 모자라지 않는 사람은 해외 토픽에 나오는 중동 석유 갑부나 빌 게이츠쯤일 것이다.

보통 사람들의 최고 희망은 누가 뭐래도 원 없이 돈을 써보는 일이다. 주머니가 넘치면 돈 쓰는 일은 더 큰 관심으로 옮아간다. 단계의 상승은 욕망의 크기와 비례한다. 욕망을 다 채우려면 돈이 얼마나 있어야 할까. 욕망이란 게 끝이 있을 턱이 없다. 제아무리 돈이 많은 사람도 만족이란 걸 모른다.

주변 사람들 중 부자들을 지켜보니 이들은 절대 허튼 낭비를 하지 않는다는 것을 알겠다. 그들은 돈을 써서 효과가 분명한 일에만 지갑을 연다. 돈을 써본 경험이 욕망마저 조절하는 능력을 갖게 하는 모양이다. 가난한 사람은 돈 버는 재주보다 쓰는 재주가 더 많다. 바로 그 점이 부자가 되지 못하는 이유다. 사실 부자가 되는 방법은 간단하다. 욕망에 일일이 반응하지 않는 자제가 우선이다. 쓰는 것보다 많이 벌고, 번 것보다 덜 쓰면 된다. 부자와 가난한 사람은 욕망의 조절 밸브 성능이 다르다. 굳이 재테크의 비법까지 들먹일 필요도 없다. 부의 메커니즘은 지극히 단순하다.

보통 사람인 나는 돈 걱정이 그칠 날이 없다. 날이 갈수록 돈 쓸 일은 점점 더 많아지는데, 들어오는 속도는 그에 미치지 못한다. 누가 뭐래도 하고 싶은 일을 하고 살아야 하는 고질병 때문이다. 그럼에도 소비는 쉽사리 접을 수가 없다. 젊어 보인다는 이유로 바지통이 좁은 청바지를 산다. 일을 더 빠르고 효율적으로 처리하기 위한 투자라고 여기며 신형 컴퓨터를 사야 속이 시원하다. 시대에 뒤처지지 않으려는 안간힘이라 핑계 대며 책과 CD를 사고, 영화와 공연 티켓을 자꾸만 산다. 돈을 써야 하는 이유는 하루 종일이라도 늘어놓을 수 있다. 물건의 유혹은 집요하고 지속적이다.

나는 역시 가난하게 살 수밖에 없는 팔자임이 분명하다. 매달 날아오는 신용카드 대금에 치일 때마다 반성을 한다. 괴롭기도 하지만 슬프진 않다. 저축도 좋지만 소소하게나마 돈 쓰는 재미를 맛보았기 때문이다. 돈을 쓸 때 생기는 가장 큰 효용은 스스로를 대접하는 즐거움이다. 풍요와 욕망은 바라보기만 해서는 알 수 없다. 직접 만지고 느껴야 내 것이 된다.

미루어도 될 절실함은 없다. 현재의 관심이 절실함이다. 참고 견뎌낼 절실함은 과장이기 쉽다. 욕망은 잘게 덜어내 바로 해소시킬 때 사그라진다. 풀지 못해 부풀려진 욕망은 채워도 충족되지 않는 허기로 변질된다. 오늘 하지 못하고 넘긴 일은 내일이 와도 하기 어렵다. 내일이 되면 새로 할 일이 또 생기기 때문이다. 참고 미루어 해결된다면 그것이 과연 욕망일까? 시간 흐르면 욕망은 절실함을 상실하고 회한만 키워간다.

신상품을 갖고픈 욕구를 이기지 못해 오늘도 지갑은 힘없이 열린다. 물건들은 끊임없이 진화하며 나를 시험한다. 아무리 머리를 굴려도 승패가 정해진 게임이다. 난 사소한 유혹에 늘 무릎을 꿇는다. 욕망을 억제하는 능력이 없으니 부자 되긴 애초에 글렀다. 하지만 어쩌랴. 자잘하고 사소한 재미마저 빼버리면 무엇으로 빈자리를 메울꼬…….

파격이
만나게 해준
천상의 음악

날씨가 추워지면 주로 작업실 비원에 틀어박혀 온종일 음악을 듣고 오디오와 씨름을 하며 논다. 고상한 음악 감상은 월말이면 날아오는 전기요금 청구서의 황당한 금액에 놀라며 마감된다. 그래서 집에는 아예 오디오 시스템이 없다. 전기요금에 역정을 내는 마나님의 잔소리가 무서운 탓이다. 소심한 나는 마누라가 보지 않는 내 공간에 쭈그려 앉아 오디오를 한다.

비원의 오디오 시스템은 테크닉스 SP10 Mk2 LP 플레이어에 서덜랜드 PHD 포노 이퀄라이저, 알텍의 명인 김형택 트랜스 프리앰프, 피어리스 트랜스가 들어간 300B 싱글 파워앰프, 내 나이보다 많은 탄노이 오토그래프 스피커로 구성돼 있다. 어렵게 수소문해서 미국산 오리지널 웨스턴 일렉트릭 300B도 구해놓았다. 독특한 음색으로 정평이 난 환상의 명관인 40년대 각인관*은 아니다.

* 밑면을 파내 글자를 입힌 구형 진공관.

300B 각인관은 수백만 원을 호가한다. 지금보다 오디오에 더 미쳤던 예전의 나였다면 땡빚을 내서라도 샀을 것이다. 나이를 먹으며 욕망의 크기가 줄어 다행이다.

새로 구한 웨스턴 일렉트릭 300B는 안 들리던 음을 들려준다. 고역의 매끄러움, 저역의 묵직한 중량감을 양립시킨다. 가수의 목소리는 바로 내 앞에서 노래하는 듯 윤기와 생명감으로 가득하다. 오리지널 웨스턴 일렉트릭 300B의 명성에는 다 그럴 만한 이유가 있다. 오디오쟁이들은 기기를 바꾸었을 때 그 변화를 즐긴다. 놀라는 것도 모자라 "까암~짝 놀랐다"며 호들갑 떠는 것은 예사다. 전구에 불과한 유리관 속의 검은 철판에서 그토록 아름다운 음악이 흐르니 그럴 수밖에. 지식을 압도하는 경이로운 현상은 마땅히 설명할 길이 없다.

예술의 전당에서 피아니스트 백건우의 〈아기 예수를 바라보는 20개의 시선〉 공연을 본 적이 있다. 매끄러운 광택의 스타인웨이 피아노와 백건우의 새카만 연미복은 둘이면서 하나였다. 인간과 악기가 혼연일체가 되어 들려주는 음악에 평소 자주 듣지 않던 현대음악이 갑작스레 매력적으로 다가왔다. 백건우가 준 감동이 사라지기 전 비원에서 한 번 더 반복하고 싶었다. 하지만 공연장에선 넘쳤던 감동을 다시 느낄 수가 없었다. 메시앙의 피아노곡은 7년 넘게 끌어안고 산 오토그래프의 실력을 바닥부터 부정했다. 포르

VACUUM TUBE

테시모의 포효는 벙벙거려 괴로웠고 피아니시모의 가녀린 울림은 흐리멍덩해서 들리지 않았다.

메시앙의 〈아기 예수를 바라보는 20개의 시선〉에 담긴 종교적 열광은 폭발적인 음향으로 그려내야 한다. 드라마틱한 연주의 긴장을 재현시켜야 할 나의 오디오 시스템은 초점 잃은 멍청이처럼 무력하고 부실했다. 영원의 존재를 표현한 메시앙의 의도와 백건우의 신중하고 경건한 연주는 내 오디오를 모독하며 끝났다. 오토그래프를 잘 울려준다는 300B 싱글앰프의 미진함 때문은 아닐 것이다. 7년이란 시간을 통해 찾아낸 최고의 앰프가 아니던가. 검증된 명기인 탄노이 오토그래프의 허약함을 인정하고 싶지 않았다. 그날부터 백건우 연주의 감동을 기필코 재현해보리라는 욕심이 생겼다.

피아노곡의 특징인 단속음과 지속음의 연결이 관건이다. 건반을 두드리는 강약이 그대로 재현되고 명징한 울림도 느껴져야 한다. 원인은 오토그래프의 모자란 고음역 재생 능력 때문일 것이다. 단단하지 못한 저음역은 스피커의 구조상 손을 대지 못한다. 넘치는 양감만큼 성능 좋은 슈퍼 트위터*를 추가해 고음역을 보완시키면 될지 모른다. 오토그래프에 어울릴 만한 슈퍼 트위터는 지천에 널려 있다. 첨단 소재와 기술로 만든 최신 기종부터 오래된 빈티지

* 매우 높은 음을 재생하는 스피커 유닛.

까지 선택의 폭은 넓다. 경험으로 보자면 동시대에 만들어진 제품들끼리 화합의 확률이 높다. 사람들 역시 동년배끼리 정서를 공유하는 폭이 크지 않던가.

점찍어둔 슈퍼 트위터를 사용하는 친구 김갑수의 작업실을 드나드는 횟수가 늘어났다. 유심히 일장일단을 파악하고 선택을 했다. 일렉트로 보이스의 T-350이 대안이다. 오토그래프와 같은 혼(Horn)형* 스피커의 조합이라 음향의 위화감이 가장 적을 듯했다.

숨 돌릴 틈 없이 반복되는 바쁜 스케줄은 뒷전이다. 오디오 숍에 전화를 해대고 인터넷을 뒤졌다. 오래된 물건은 눈으로 직접 상태를 확인해야 안심된다. 몇 번이나 용산과 청계천의 오디오 가게들을 드나들고 시도 때도 없이 동호인의 집을 방문했다. 마침내 두 개의 물건이 물망에 올랐다. 음악을 들어보고 내부를 열어 상태가 더 좋은 것을 확인한 후 T-350을 구했다.

넘치면 모자람만 못하다고 했다. 별짓을 다해 구한 슈퍼 트위터의 넘치는 음량은 감쇄 장치로도 다스리지 못했다. 기세 좋게 뻗치는 고음역은 날카롭고 선명함이 지나쳐 귀를 찢는 듯했다. 남의 집에서 듣던 T-350의 음은 좋았는데 말이다. 나의 오토그래프와 좋다는 명기는 이혼 직전의 부부마냥 언성을 높인 싸움질을 멈추지 않았다. 피아노는 금속 현을 펠트 해머로 두드려 소리를 낸다. 울림

* 나팔 모양의 주둥이로 옛 스피커에 쓰인다.

통인 나무와 금속, 펠트 재질의 특성이 화음의 공명으로 번져야 아름다운 소리를 낼 수 있다. 스피커는 악기의 음색을 실제 연주와 최대한 가깝게 재현해야 한다. 악기의 본령을 왜곡시키지 않는 생동감이 중요하다. 말은 쉽지만 이를 이끌어낼 오디오의 완성은 멀기만 했다.

시간이 꽤 지났어도 여전히 내 머릿속은 온통 이상적인 슈퍼 트위터뿐이었다. 절실히 원하면 이루어진다는데, 도무지 괜찮은 것을 발견할 수가 없었다. 그러다 우연히 들른 오디오 사부 김형택의 작업실에서 낡은 슈퍼 트위터를 발견했다. 모토로라의 로고가 찍힌 플라스틱 트위터는 부실하고 조악했다. 대수롭지 않게 용도를 물었고 사부는 스치듯 답했다. "쥐를 쫓기 위한 용도의 초음파 발생 스피커인데 한번 물려보든지." 쥐는 인간보다 훨씬 높은 주파수를 감지한다. 쥐가 도망칠 정도의 고음역을 내는 슈퍼 트위터라고? 정신이 번쩍 들었다. 그렇다면 과도한 음량이 나오지 않으면서 고음역을 보충할 터. 메시앙의 종교적 승화를 표현한 피아노의 음은 이 슈퍼 트위터가 해결해줄지 모른다.

사부를 재촉해 용법을 묻고 빼앗듯이 슈퍼 트위터를 들고 나왔다. 빨리 연결해보고 싶어 마음이 급했다. 밤을 꼬박 새워 슈퍼 트위터의 연결 회로를 완성했다. 고매한 오토그래프와 쥐를 쫓는 슈퍼 트위터의 불경스런 조합도 아무렇지 않았다. 당시 나는 원하는 음만 나온다면 쥐약이라도 먹을 태세였다. 마침내 연결을 끝내고, 숨죽이며 백건우의 연주를 들었다. 음악이 흘러나오는 순간 나는 '까암~짝' 놀랐다.

불분명했던 피아노의 고음역이 칼로 벤 듯 선명하면서도 찢어질 듯 날카롭지 않았다. 잔향의 여운은 연주 홀의 깊이를 가늠할 만큼 풍성하게 배어나왔다. 결과는 대성공이었다. 생각지도 못한 곳에서 발견한 보물은 감동적인 음을 들려주며 숨겨진 진가를 발휘했다. 대단한 명기도 내주지 못한 천상의 음악이 내 곁에 흘렀다. 눈이 귀를 믿지 못하는 이변이 일어났다. 슈퍼 트위터를 단 오토그래프는 젊음을 되찾은 듯 싱싱한 매력을 발산했다. 이제 음량을 올려도 귀가 피곤하지 않은 음악을 들을 수 있다. 메시앙의 피아노곡도 좋다. 말러와 브루크너의 교향곡도 아무런 문제가 없다.

자료를 찾아보니 역시 모토로라의 피에조* 슈퍼 트위터는 볼품없는 쓰레기가 아니었다. 1976년 미국의 스피커 엔지니어 달퀴스트가 사용했다는 기록이 있었다. 한 시대를 풍미했던 스피커 설계의 이단아가 주목했던 슈퍼 트위터라면 그럴 만한 이유가 있을 것

* 압전 방식. 초음파 가습기의 진동자로 이해하면 된다.

이다. 달퀴스트는 섬세한 음을 추구했다. 그는 다른 엔지니어들이 구사하지 않는 설계를 했다. 더 많은 스피커 유닛을 사용해 섬세함을 실현하고자 했다. 그는 여러 개의 유닛을 얼기설기 엮어 평면에 배치시켰다. 좋은 음을 위해 상품으로서의 가치를 높이는 디자인을 포기하고 말았다. 주위의 모든 이가 말렸지만, 자신이 원하는 최고의 울림을 얻기 위한 그의 고집은 완고했다.

달퀴스트의 스피커는 쥐를 쫓기 위한 슈퍼 트위터의 역할까지 포함해서 예상대로 무척 멋진 음을 들려주었다. 하지만 시장의 반응은 싸늘했다. 극소수의 열광적 지지자들만이 그의 작업을 인정했다. 주목 받지 못한 비운의 명기와 사람은 잊혀갔다.

달퀴스트의 파격적인 시도는 쥐를 쫓는 슈퍼 트위터를 천상의 영역으로 끌어올렸다. 불운한 천재의 스피커는 지금도 마니아들 사이에선 주목의 대상이다. 내 오토그래프에 하나 더 얹어진 슈퍼 트위터는 낡은 열정의 반복이 아니다. 달퀴스트란 인간의 진가에 매료당한 후학의 새로운 선택이다. 최고의 지향이 내뿜는 힘은 결코 떨어지지 않는다. 고집스러운 아름다움은 언제 어디서나 통용되는 법이다.

카메라타

재즈는 시간대와 날씨에 따라 다르게 들린다. 붉은 노을이 지는 고속도로를 달릴 때면 나는 무심코 카 오디오의 볼륨을 높인다. 맑고 투명한 날에 듣는 재즈는 왠지 맨송맨송하다. 끈적한 습기가 온몸을 감싸는 흐린 날이라야 재즈 선율이 귀에 척척 감긴다. 제대로 흥을 돋우려면 촉수 낮은 전등과 담배 연기로 가득한 카페가 제격이다. 가슴이 먹먹할 정도의 풍압으로 다가오는 드럼의 포효가 이때처럼 실감나긴 어렵다.

대낮과 재즈의 불화는 당연하다. 사물이 훤히 들여다보이는 낮 시간엔 웅크린 감정을 숨길 데가 없다. 엉큼한 상상과 은밀한 교감은 적당히 가려지고 퀴퀴한 연기 속에 섞여야 편안하다. 밝은 곳에서 재즈를 듣고 싶다면 눈을 감아야 한다. 외부를 차단할 유일한 방법일 테니. 적당한 어둠과 재즈는 치즈와 와인의 마리아주처럼 편안하게 어울린다.

재즈를 들을 때면 방안의 조명을 최대한 낮춘다. 맥주가 있고 같이 듣는 이가 있다면 시장에서 산 낡은 호롱불 하나만 밝혀둔다. 재즈의 열기만 남기고 불필요한 것들은 지워야 한다. 이는 감흥의 고조를 준비하는 청자의 예의다. 땀을 뻘뻘 흘리며 트럼펫과 색소폰을 불어대고 자기 키만큼 큰 콘트라베이스를 얼싸안고 둥둥거리는 흑인 뮤지션이 떠올라야 한다. 무시무시할 정도의 음량으로 뿜어져 나오는 연주의 열기는 어둠과 함께 증폭된다.

뽀송함과 재즈는 어울리지 않는다. 끈적한 땀방울과 마약과 담배에 전 목소리는 밝음과 섞이지 않는다. 냄새와 소리, 연주 홀의 술렁거리는 공기까지 섞여야 재즈가 완성된다. 적당한 어둠은 재즈의 일부다. 불을 끄면 끌수록 재즈의 형태는 또렷하고 생생해진다. 청자가 느껴야 할 것은 오로지 연주의 열기뿐이다. 현장에서 직접 듣지 못하면 이렇게라도 요란을 떨어야 재즈의 실체에 다가서게 된다.

이런 고집을 꺾고 밝은 곳에서 재즈를 듣게 된 일이 생겼다. 파주 헤이리에 있는 고전음악실 카메라타 때문이다. 그곳에 가면 1930년대 미국의 극장에서 사용하던 거대한 스피커와 앰프의 위용과 마주친다. 이를 갖추기 위해 평생을 달려온 아나운서 황인용의 집념이 놀랍다. 그와 친분이 있어서 나는 종종 카메라타에 들르곤 한다. 음악을 좋아하는 이들과 함께 음악을 감상하고 대화를

나누는 즐거움은 각별하다. 무엇보다 카메라타에는 오디오 파일의 궁극에 위치하는 웨스턴 일렉트릭 시스템이 있다. 웨스턴이 주는 압도감은 얄팍한 시대의 경박함을 비웃는다. 시대의 모든 역량을 퍼부은 인간의 이상은 크기와 무게, 비용을 따지지 않는 집념으로 완성됐다. 카메라타의 웨스턴은 모두에게 좋은 음악을 들려주기 위해 존재한다.

웨스턴 오디오 시스템으로 듣는 재즈라니, 상상이 되는가? 재즈의 열기는 실제의 음량과 질감으로 재현된다. 낡은 오디오에서 흘러나오는 재즈에선 당시 미국의 모습이 보이고 담배 냄새가 나며 기침 소리도 곁에서 들린다. 카메라타의 오후는 시야를 가릴 만큼 어둡지 않다. 사람들의 웅성거림 때문에 분위기도 산만하다. 하지만 눈을 감을 필요가 없다. 눈으로 보아야 더 실감나는 거대한 음향의 파도가 넘실대니까.

시야의 차단이 필요한 현실 공간에선 도저히 접수되지 않는 'Big Sound'의 세계가 그곳에 있다. 믿지 못하겠다면 직접 체험해볼 일이다. 단, 웨스턴 앞에서 어설프게 음질을 따지지는 마라. 고역이 덜 나오고 저역은 풀어지며 어쩌고저쩌고 떠들 요량이면 귓

속에 단단하게 박힌 이어폰을 빼지 마라. 진정 좋은 것을 존중할 줄 아는 열린 마음 하나면 충분하다.

웨스턴의 실물 및 음량이 주는 리얼리티는 대단하다. 이를 들어보지 못했다면 지금까지 들었던 오디오는 장난감이라 취급해도 좋다. 부분의 정교함을 능가하는 전체의 굳건한 골격이 웨스턴의 매력이다. 어쿠스틱 악기의 울림을 멋지게 융화시킨 음악은 감동의 출처를 새삼 확인하게 한다.

웨스턴을 통하면 트럼펫의 포효는 귓전을 찌르며, 베이스의 저음에 공기가 술렁인다. 드럼의 탱탱한 가죽은 긴장을 풀고 부드럽고 풍성한 음향으로 바뀐다. 인간의 목소리는 바로 앞에서 노래하는 듯해 환영을 보는 것 같다. 웨스턴 오디오는 기계라기보다는 악기라 불러야 마땅하다.

아우라(Aura). 원본의 장엄함 정도로 해석 가능한 말이다. 지나간 재즈의 흔적은 레코드로 간신히 복원된다. 재즈의 아우라를 현재에 되살리는 방법은 역시 특별한 아우라를 지닌 오디오 시스템의 몫이다. 한 번을 들어도 짙은 감동이 절실하다. 얕은 감흥으론 저릿함이 다가오지 않는다. 홍어애탕의 비릿하고 걸쭉한 맛은 대치될 수 없기에 특별한 것처럼.

이제는 스마트폰이 세상을 지배하고 있다. 온갖 음악이 그 안으로 격렬하게 빨려들어가는 중이다. 편리는 손 안에 들어 있고 감흥은 기계 밖에 떨어져 있다. 감동은 점점 더 멀어진다. 우리는 인간의 집념과 노력으로 구축된 완결의 세계와 아우라를 사랑할 필요가 있다. 그 안엔 켜켜이 쌓인 시간이 녹아 있고 사투를 벌인 인간정신이 들어 있다. 양 볼이 터져라 트럼펫을 불어대는 디지 길레스피는 자신의 음악이 편리에 가려지길 원하지 않는다. 고통과 희열을 같은 강도로 이해해주고 즐기는 친구가 있어야 한다. 빌 에반스도 엘라 피츠제럴드도 마일스 데이비스도 똑같은 생각이 아닐까.

미치는 행복은 미쳐야 안다

재즈 마니아 정상준이 진행하는 재즈 감상회가 시작된 지도 벌써 2년이 넘었다. 매달 진행되는 밀도 있는 내용은 날로 인기를 더하고 있다. 그의 해박함과 열정은 말로 다 옮기기도 어렵다. 출판사 대표인 그는 업무만으로도 늘 바쁜 사람이다. 빠듯한 시간을 보내는 와중에도 재즈에 천착하는 그를 보면 놀랍다. 지치지 않고 음반을 사들이며 재즈 뮤지션의 공연은 일일이 다 챙겨 본다. 그를 보면서 나 역시 재즈에 대한 관심이 커졌고, 음반을 하나 둘 모으기 시작했다.

오래전 광화문 교보문고의 음반 매장에서 그와 함께 CD를 산 적이 있다. 계산대에서 그는 자신의 회원카드를 건넸고, 덕분에 영수증에 찍힌 음반 구입 총 누계 금액을 보고 말았다. 내 눈을 의심케 할 정도로 숫자가 많아 어지러웠다. 단일 매장에서 사들인 액수가 이 정도라니. 그를 다시 보았다. 불광불급(不狂不及), 미치지 않고

서는 이루지 못한다는 말은 그를 두고 하는 이야기였다. 제대로 미친 사람이 내 곁에 있으니 덩달아 즐거워졌다. 이후 그가 말하는 재즈가 한층 더 귀에 잘 들어왔다. 그를 존경하고 인정하는 내 마음이 더해졌기 때문이다.

그의 감상회에서 젊은 나이에 세상을 떠난 재즈의 이단아 에릭 돌피의 특집을 마련했다기에 참석했다. 짧은 생애를 보낸 천재 뮤지션의 작업은 예리한 감성과 외곬의 광기로 가득했다. 감상회는 두 시간이 넘게 이어졌지만 전혀 지루하지 않았다. 에릭 돌피의 매력과 진면목을 제대로 엮어준 진행자의 내공 덕분이다. 전체를 조망하는 그의 능력은 무수한 섭렵을 통해 얻은 것이다. 질은 양을 담보한다. 많은 것을 보고 듣고 느껴야 실체에 좀 더 가까이 다가서게 된다. 시시콜콜한 사건과 행적에서 진실은 비로소 모습을 드러내고 또렷함을 더해간다. 한 인간의 고독과 모순을 정리하려면 흩어진 조각들을 복원시켜야 한다. 특히 돌피의 음악은 그래야 제대로 읽힌다.

그가 안내하는 돌피의 세계는 호기심으로 가득 찬 새로운 시도와 생존을 위한 몸부림이 넘쳤다. 매력적이지만 세상과 불화한 재즈 뮤지션의 삶과 죽음은 처절한 드라마 같았다. 선수는 선수를 한눈에 알아본다. 옆자리에 앉아 있던 젊은 재즈 마니아는 시종 진지했다. 그는 에릭 돌피가 흘러나오는 긴 시간 동안 허리를 한 번도

굽히지 않았다. 진행자의 질문에 화답하는 실력도 예사롭지 않았다. 어쩌면 그 청년이 에릭 돌피를 더 많이 꿰뚫고 있었을지도 모른다. 고수들은 대화만으로 서로를 파악하는 능력이 있다. 전문성으로 무장된 앎은 허접한 만 가지 지식보다 탄탄하다.

몰입이란 다른 것이 보이지 않아 선명한 사랑이다. 건성으로 좋아하는 이는 진정한 몰입을 체험하지 못한다. 마니아의 희열은 감추어진 진실을 파헤쳐 제 것으로 만드는 데 있다. 남들이 뭐라건 그들이 자신만의 세계를 지켜가는 이유다. 일상 너머의 가치는 쉽게 알 수도 없고 다가서기도 어렵다. 지난한 시간의 허비와 쓸데없어 보이는 노력을 통해서만 실체가 느껴진다. 여기서 건져낸 저릿한 감동의 도취 상태가 중요하다. 재즈라는 우주를 통해 조립해낸 해법은 내게 사는 것의 의미와 깊이를 돌아보게 했다.

좋아하고 미칠 대상이 어디 재즈뿐일까. 무엇이라도 좋다. 눈이 멀 정도의 흡인력으로 사람을 끌어들이는 일들은 너무나 많다. 재미를 느낀 순간에는 이론이나 지식도 필요 없다. 맹목적인 애정으로 좋아하는 것에 빠져들면 새로운 세계가 열린다. 그 다음에는 시간과 노력, 돈을 퍼부어야 실체에 다다른다. 실체를 알게 되면 저절로 미쳐간다. 미쳐 있는 사람의 행복은 미쳐본 사람만 안다.

채워도 채워지지 않는 갈증이란 무엇일까. 자아가 희미하다는 방증이다. 세상의 기준으로 재단되지 않는 우뚝한 자아가 있다면 충만한 기쁨으로 채워진다. 얼핏 쓸모없어 보이는 관심과 열정에서 얻는 깨달음이 있다. 진정 좋아하는 일에 빠져들어 허우적거리는 사람들이 줄어들지 않는 이유다.

미친 사람들은 진심으로 좋아하는 대상을 두고 어설픈 잣대로 쓸모를 따지지 않는다. 좋아하는 대상도 처음부터 정해져 있지 않다. 사랑에 이유가 있을 리 없다. 사랑의 결과가 세상을 이롭게 한다면 존경은 저절로 따라온다. '오후의 재즈' 진행자 정상준이 보여준 삶의 태도다.

ortofon
reference

결국 치열한 것만이 남는다

한물간 미니스커트가 다시 등장하고 양복의 깃이 좁게 줄어드는 변화를 우리는 자연스럽게 받아들인다. 시대의 변화와 필요에 의해 옛것이 복원되는 것은 흔한 일이다. 과거는 낡고 현재는 새롭다? 아니다. 역사는 반복된다. 하늘 아래 새로운 것은 없다. 고물 취급받던 아날로그의 유행도 어쩌면 당연한 일이다. 단순한 복고의 움직임이 아니다. 인간은 좋은 것을 알아보는 기막힌 재주를 지녔다. 시간을 통해 분별된 가치는 사라지지 않는다.

시대에 따라 다른 모습으로 나타나지만 아름다움의 본질은 같다. 아름다움은 강력한 권력이다. 역사를 들여다봐도 아름다움을 위해 열정과 목숨을 바친 인간들은 늘 존재해왔다. 이들은 예술가라 불러야 마땅하다. 세상의 진보와 삶의 풍요로움을 열어준 공로에 대한 최소한의 예의다.

유감스럽게도 당대의 아름다움을 후손에게 그대로 물려주는 것에는 사실 한계가 있다. 정신과 물질은 보편적으로 통용되는 시점에 최고의 힘을 발휘하기 때문이다. 세월은 모든 것을 스러지게 하고 희미하게 만든다. 후손은 남겨진 기록과 물건을 통해 기억과 가치를 복원한다.

세상에는 공개되지 않은 빈티지 와인을 찾아내 즐기는 사람이 있다. 고가구와 클래식 카에 열광하는 이도 있다. 벽촌에 숨겨진 토종 맛집까지 찾아드는 미식가들의 숫자를 보라. 단순히 과거의 것에 집착하는 취미만으로 이유를 설명하지 못한다. 다들 고유한 매력을 이해하고 확신한 선택이다. 대체 불가능한 물건의 기품과 매력은 특별하다.

요즘은 대다수의 사람들이 음악을 들을 때 디지털 기기를 사용한다. 반대편엔 여전히 아날로그 음악을 찾는 순혈주의자들이 있다. 좋다는 걸 다 해보아도 채워지지 않는 빈구석 때문이랄까. 나 역시 낡은 레코드의 먼지를 털고 판을 뒤집는 수고쯤은 기꺼이 감수한다. 아날로그가 주는 즐거움이 더 크기 때문이다.

아날로그 재생은 디지털 기기에 없는 아름다움을 간직하고 있다. 바로 존재와 본질의 멋진 양립이다. 빙글빙글 돌아가는 턴테이블은 눈에 보이고 만져진다. 음악이 내 손으로 연주되는 것 같다. 레코드 안에 담긴 음악은 디테일을 담아 더 진한 감동으로 전달된다. 디지털에선 행위의 과정을 느낄 방법이 없다.

실제 연주에 동참하지 못한다면 부분의 연주라도 좋다. 예술 행위는 지켜보기만 하는 것보다 직접 해볼 때 본질에 더 가까이 접근한다. 나는 30년 넘게 낡은 레코드판을 돌리며 살았다. 내게 아름다움의 정점에 있는 가치를 일깨워준 것은 음악이었다. 돌아가는 레코드판과 함께한 시간은 내게는 지나간 청춘의 역사다. 체험보다 더 큰 감동은 위선일 뿐이다.

내게 좋은 아날로그 음악을 들려주는 주역은 내 나이와 같은 오르토폰의 SPU 카트리지이다. 당시 발매되던 스테레오 LP를 재생하기 위해 개발된 SPU는 'Stereo Pick Up'의 약자를 그대로 상품명으로 사용했다. 단순명쾌한 작명이다. 본질이 곧 이름이 된 SPU는 50년의 세월을 뛰어넘어 지금도 생산되고 있다. 현역인 SPU는 그 자체로 신화라 해도 좋다. 베이크라이트 몸체와 마도로스 파이프를 연상시키는 클래식한 디자인도 여전하다. 디자인을 위한 디자인의 흔적은 어디에도 없다. 어설프게 기능을 과장하지도 않는다. 처음부터 원숙한 풍모를 지니고 태어나 묵직한 포름으로 완결됐다.

변하지 않은 것은 외형뿐만이 아니다. 최고의 완성도를 지향한 기술적 참신함도 마찬가지다. 인간의 예지와 감성을 담은 테크놀로지의 접목은 과거를 낡아 보이게 하지 않는다. SPU가 만들면 바로 시대의 표준이 되었다. 카트리지의 역사는 오르토폰 SPU를 답습하거나 극복하려는 시도로 이루어져 있다.

나는 80년대 중반부터 SPU를 사용했다. 25년 가까이 한 카트리지만을 사용한 셈이다. 사랑의 의학적 시효가 석 달 정도라 하는데, 그에 비하면 영원에 가까운 시간을 SPU와 연애한 셈이다. 순정은 맹목이기도 하고 확신이기도 하다. 이젠 둘의 비중을 어설프게 저울질하지 않는다. 지금 쓰고 있는 SPU는 여섯 번째다. 가끔 지겹기도 했지만 큰 갈등 없이 해로하고 있는 중이다.

SPU와 함께하는 아날로그 음악생활은 즐겁고 행복하다. 내게 편안한 감정의 랜드마크는 SPU라 해도 좋다. 세련은 연마의 세월로 얻어진다. SPU의 위대함은 무모해 보이는 반복의 시간을 더해 끝없이 진화시킨 아름다움에 있다. 어지간한 확신 없이 세월을 버틸 방법은 없다.

나는 SPU를 인정하고 사랑한다. 여기에 시간을 더해 SPU를 이해하는 일이 내 몫이다. 종종 아침부터 저녁까지 귀에 딱지가 앉도록 SPU로 레코드를 돌리곤 한다. 그런 날엔 밥도 먹지 않고 술도 마시지 않는다. 음악의 세계에 흠뻑 빠져 시간의 축을 정렬하고 인간이 활약했던 공간의 격차를 상상으로 조립한다. 그레고리언 성가에서 바로크 음악을 거쳐 고전과 낭만, 현대 음악까지 마음껏 틀어댄다.

처음엔 비싼 카트리지의 바늘이 닳을까 봐 엄선한 레코드만 듣기도 했다. 최근에야 내게 남은 의미의 시간은 고작 20년 정도라는 것을 깨달았다. 돈보다 시간이 더 아까운 자산임을 미처 몰랐다. 더 좋은 음악을 듣기 위해 나는 SPU를 계속 혹사시키기로 했다. 레코드를 돌려 듣는 천상의 음악을 매일매일 스스로를 일깨우는 자양분으로 쓸 요량이다. 아무리 열심히 레코드를 돌린다 해도 내겐 앞으로 서너 개 정도의 SPU를 쓸 시간밖에 남지 않았다. 자신의 몸을 살라 음악을 들려주는 SPU. 타자의 죽음으로 바꾼 음악이다. 치열한 삶을 살지 못한다면 그게 바로 죄악이다.

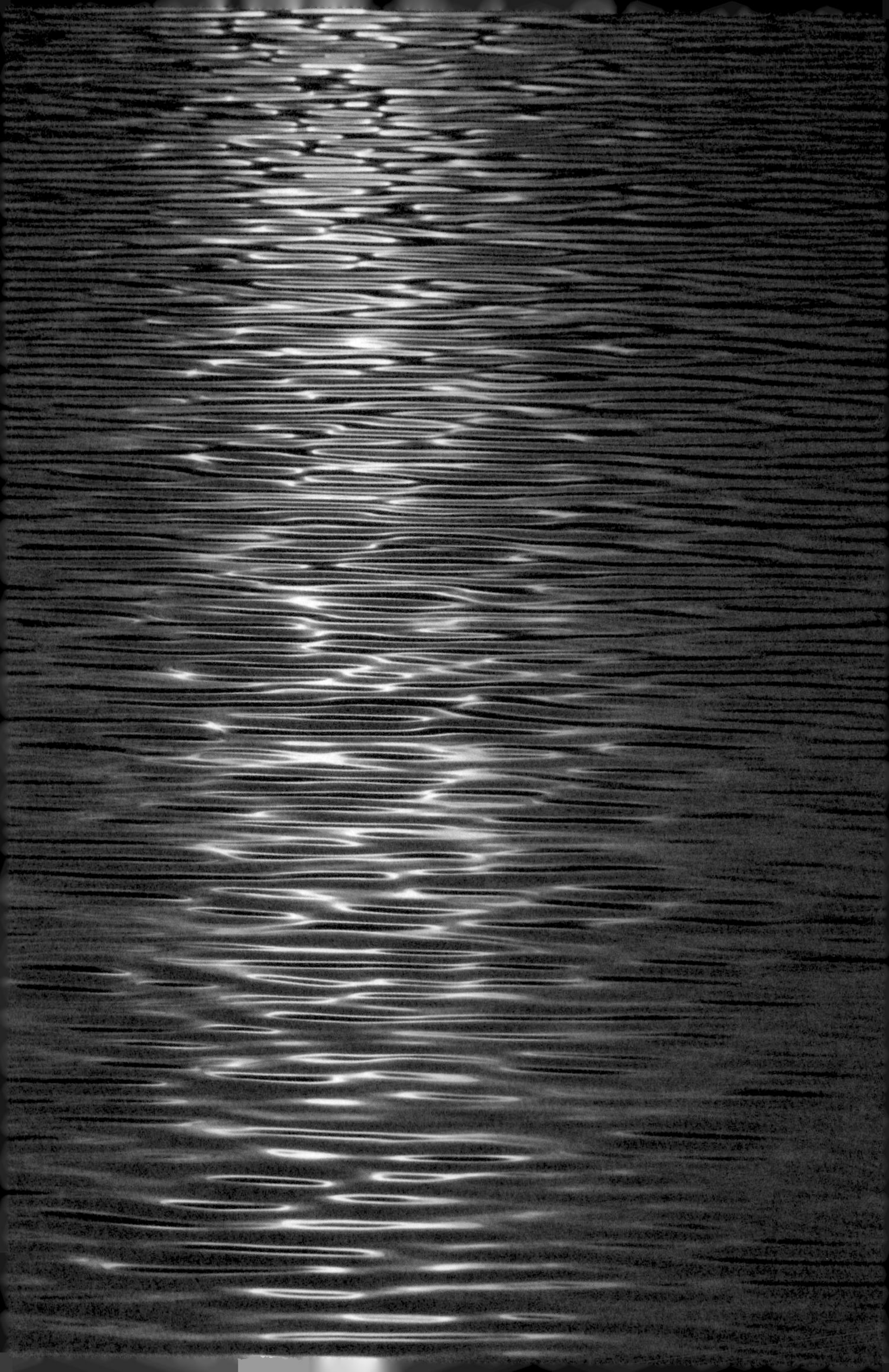

가난한 명품주의자의 명품인생론

졸저 『윤광준의 생활명품』을 낸 이후 사방에서 좋다는 이야기를 제법 들었다. 다행스럽고 고마운 일이다. 신문과 방송에 책이 소개되고 잡지 인터뷰도 많이 했다. 그러다 보니 언제부터인가 내 이름 앞에 명품주의자라는 단어가 붙기 시작했다. 한 사람의 사회적 호칭은 단편적 이미지로 급조된다. 명품주의자라는 단어의 어감이란 빤하지 않나. 호화롭거나 사치스럽거나. 덕분에 실제 나를 만난 기자들의 얼굴에 당혹감이 스치는 것을 종종 보았다. 호사나 사치와는 거리가 먼 공간과 여느 아저씨들과 다를 바 없는 모습에서 실망을 느끼는 모양이다.

작가의 수입이란 사실 쥐꼬리만 하다. 돈을 많이 벌지 못하니 명품 옷이나 가방 같은 것은 없다. 작업실을 화려하게 꾸미지도 않는다. 치장에 들일 돈은 더더욱 없다. 현실의 나는 있는 그대로 산다. 어처구니없지만 가난한 명품주의자라고 할 수밖에. 가난한 명품주의자로서 나는 기왕이면 좋은 물건을 갖고, 맛있는 음식을 먹으려 노력한다. 더 나아가 좋은 사람들과 어울리기 위해 노력한다. 좋은 것만 누리고 살기에도 인생은 짧다. 시간을 보잘것없는 것들로 채우기엔 너무 아깝다.

좋은 사람과 훌륭한 물건은 강렬한 존재감으로 주위를 채워준다. 물신과 인간적 매력에 빠져 허우적거리는 일은 보통사람이 누릴 수 있는 큰 행복이다. 누가 뭐라 해도 가난한 명품주의자의 고집은 공허하고 쓸쓸한 세상에 맞서는 작은 항거다. 나의 삶은 아무도 대신해주지 않는다.

명품의 가치와 의미는 물질이 아닌 정신의 영역에 있다. 물건을 실용의 관점으로만 보는 것은 아쉬운 태도다. 훌륭한 물건에는 정신이 깃들어 있다. 내가 명품을 찾기 위해 애쓰는 것은 그것을 만든 사람의 고급한 정신과 공감하고 싶어서다. 명품에는 진화의 시간을 거쳐 완결된 창조의 에너지가 담겨 있다. 좌절과 고통의 시간을 새로움으로 바꾼 승리의 흔적들이 있다. 명품을 통해 물건에 담긴 인간 정신을 확인하는 것이 즐겁다.

"삶의 최고 발명품은 죽음이다. 죽음은 인생을 변화시키고 새로움이 낡은 것을 버리게 하기 때문이다. 그러니 남은 시간을 다른 사람의 생각(dogma)으로 낭비하지 마라."

시대를 선도하는 애플의 스티브 잡스가 최근 한 말이다. 그는 시련과 병마를 이겨내고, 창조적 시선으로 거대한 변혁을 이끌어낸 인물이다. 잡스가 들고 나오는 것들엔 시대의 흐름을 주도하는 새로움이 있다. 아이폰은 곧 잡스이고 이 시대의 명품이다. 내가 살면서 잡스를 만날 일은 없겠지만, 그가 만들어낸 명품을 접하며 그를 만난다. 명품은 인간의 아바타다.

좋은 물건은 여기저기에 차고 넘친다. 쓸모 있는 물건과 명품은 구별해야 할 필요가 있다. 기능과 용도만을 고려한 물건은 실용품이다. 이를 뛰어넘어 물건에 기품이 담겨 있다면 고급품이다. 여기서 더 나아가 왜 그렇게 하지 않으면 안 되는가를 스스로 말하는 물건이 명품이다.

명품은 사용 가치를 웃도는 아우라를 풍긴다. 깊이와 세련을 조화시킨 농축의 에너지가 있기 때문이다. 보고 만지는 동안 느껴지는 은근한 압도의 힘. 인간의 손끝을 거쳐 나온 물건이 근본과 정직의 가치를 확인시키고, 전통과 새로움을 어떻게 조화시키는지 보여준다. 명품은 대단한 가치를 떠벌리지 않는다. 그것을 만든 인간의 고집스런 철학을 전할 뿐이다. 명품을 쓰는 즐거움은 만든 이와 사용자 사이에 오가는 은밀한 대화에 있다. 스티브 잡스는 또 이런 말도 했다. “중요한 것은 자신의 마음과 직감을 믿고 따르는 용기다.” 마음과 직감의 결과로 만든 아이폰에서 잡스의 생각은 쉽게 확인된다.

살다 보면 필요한 물건은 점점 늘어가게 마련이다. 모두 나름대로 치밀한 기준과 취향으로 물건을 선택할 것이다. 명품을 알아보는 것은 어렵지 않다. 명품에는 대치될 수 없는 고유한 아우라가 있다. 기능을 뛰어넘은 아름다움일 수도, 아름다움 속에 숨겨진 기능일 수도 있겠다. 물건을 선택할 때 좀 더 촘촘한 기준을 가지면 된다. 아무것이나 다 괜찮다고 얼버무리는 어설픈 실용은 곤란하다. 잡스의 조언처럼 자신의 마음과 직감으로 확신이 들 때까지 열심히 찾고 기다려야 한다.

나는 작고 하찮은 물건일수록 최고의 것을 선택해서 평생지기로 삼는다. 물건도 삶의 동반자로 삼으려는 나만의 습성이다. 안목을 키우기 위한 노력 또한 즐거운 성취를 맛보게 해준다. 인생을 명품으로 채우기 위한 노력은 죽을 때까지 해도 질리지 않는 최고의 놀이다.

어쩌다 마주친
이상향을 대하는
자세

안견의 〈몽유도원도〉는 우리나라 회화사의 걸작 가운데 하나다. 안평대군이 꿈속에서 본 이상향을 화공인 안견이 3일 만에 그린 작품이다. 동생에게 왕위를 넘겨준 대신 안평대군의 유토피아는 화폭에 남아 후세에 길이 전해지고 있다. 유감스럽게도 〈몽유도원도〉는 지금 우리 곁에 없다. 일본의 천리대 박물관으로 흘러들어간 14세기 조선의 이상향은 아무런 말이 없다. 나는 〈몽유도원도〉의 실물을 본 적이 없다. 그저 책에서 본 그림의 느낌만으로 꿈에서나 볼 멋진 풍경을 유추해볼 뿐이다.

추적거리며 내리는 초겨울 비가 마음을 어지럽히던 어느 날, 함께 차를 타고 가던 일행 중 한 명이 갑자기 "이대로 집에 갈 수 없어!" 하고 외쳤다. 갑작스레 낮술을 마셔야 할 분위기가 형성됐다. 나머지 네 명도 흔쾌히 동의했다. 사소한 합의조차 쉽지 않은 세상살이에서 모처럼 이유와 핑계 없는 만장일치를 이루고 우리는 달

렸다. 서울로 가던 차는 거꾸로 방향을 바꾸어 경기도 화성군 우음도로 향했다. 낮술을 선동한 친구가 비가 오면 더 멋진 장소를 알고 있다며 너스레를 떨었다. 아무렴 어떤가. 낮술을 마셔야 할 이유만 따지지 않는다면 어디라도 좋았다. 길을 아는 이가 운전을 하고, 재기 넘치는 이는 분위기를 띄웠다.

얼마 지나지 않아 우리는 우음도에 도착했다. 눈앞에 펼쳐지는 광대한 매립지 풍경에 감탄이 터져나왔다. 너나 할 것 없이 모두 땅과 하늘이 구분되지 않는 안개의 몽환에 빠져들었다. 비에 젖은 갈대의 붉은 갈색이 신비롭게 번졌다. 끝이 보이지 않는 제공선 사이에 서 있는 나무의 희미한 형체로 땅의 경계를 간신히 가늠할 수 있었다. 저 풍경 속에 뛰어들어 유영하고 싶은 충동이 가득 차올랐다. 점점이 이어지는 땅의 굴곡과 나무는 더 멋진 곳으로 인도하는 통로 같았다. 비바람의 한기가 피부에 닿는 촉감이 각별했다. 오감을 동시에 두드린 아름다움은 강렬하게 모두를 사로잡았다.

그 순간 나는 안견의 〈몽유도원도〉를 떠올렸다. 안평대군이 꿈속에 보았던 이상향도 이러지 않았을까. 황홀한 풍경은 눈을 크게 떠봐도, 정신을 차리고 다시 보아도 그대로였다. 바람이 불어도 흩어지지 않았다. 현실이나 관계의 복잡함은 안개 너머로 사라졌다. 뿌연 안개가 걷히지 않는 한, 그 풍경은 이상향이라 부를 만했다.

서울에서 차를 타고 한 시간만 달려오면 이런 곳이 있다. 이상향은 멀고 험한 곳에 있어야 정상이다. 이곳은 날이 개이면 쓰레기가 뒹굴고 어지럽게 전선이 널려 있는 서해의 바닷가가 분명하다. 어떻게 이런 곳이 존재할 수 있단 말인가. 퍼뜩 맨 정신으로 돌아가면 안 되겠다는 생각이 들었다. 안개가 걷히면 드러날 우중충한 현실은 잠시 잊고 싶었다.

빗줄기가 굵어졌다. 우산을 접고 비를 맞았다. 황홀한 풍경에 취하려면 내 몸도 적셔야 도리다. 비는 시야를 더욱 흐리게 하고, 바람은 싸늘하게 불어 한기를 더했다. 비를 머금은 주위 풍경은 한층 몽환적이었다.

눈에 뜨일 때 마음껏 보고 귀에 들릴 때 들어야 한다. 원한다고 아무 때나 펼쳐지는 아름다움은 없다. 낮술을 마시는 내내 풍경은 이상향의 모습을 흩뜨리지 않았다. 꿈속의 이상향은 잠이 깨면 사라지지만, 우리는 눈앞에 이상향을 두고 낮술을 마셨다. 금세 취기가 올라왔다. 술 때문만은 아니다. 우리는 비 그치면 사라질 몽유도원을 너무도 잘 안다.

이상이란 가까우면 싱거워서 흘려버리고, 멀리 떨어져 있으면 버거워서 절망한다. 이상은 필연적 우연으로 찾아진다. 여기에 오자고 선동한 친구와 맞장구를 친 나머지 사람들의 합의가 필연을 만들었다. 비 내려 황홀하고 바람 불어 신선한 풍경은 우연이다. 비 내리는 초겨울에 우음도를 다시 찾을 이유가 생겼다. 여기서 몽유도원을 보았으니 감흥의 반복도 가능하다. 이상향이란 누가 뭐래도 실재한다. 서 있는 자리에서 조금만 발돋움하면 닿을 이상향은 허구가 아니다.

꽃 핀 초원이
아름다워
감탄한다

벌써 3년이 지났다. 세상에서 가장 너른 꽃밭에서 놀던 일이다. 7월의 몽골 초원을 낙원이라 부르지 못하면 표현은 궁색해진다. 전 세계 어디든 자연의 놀라운 경관과 아름다움은 얼마든지 널려 있다. 경이로움과 아름다움을 모두 낙원이라 부르지 않는다. 풍경에 감동이 곁들여져야 낙원의 실체는 선명해진다.

시야의 전부가 온통 꽃으로 채워진 낭만의 공간을 본 적 있는가? 노란 꽃이 펼쳐진 대지를 자동차로 한참 달려도 풍경은 바뀌지 않는다. 산굽이를 넘으면 키 큰 보라색 꽃이 펼쳐진다. 보라색으로 뒤덮인 초원의 끝은 저편 산과 맞닿아 있다. 라벤더 향 풍기는 꽃들이 발밑에 펼쳐진다. 말 달려 가로지르는 땅엔 바람과 함께 호흡되는 향의 다발이 있다.

꽃 피어 아름답고, 바람 불어 싱그러운 향은 따가운 햇볕으로 더 강렬하다. 투명한 햇살의 선명함이 빠진다면 우중충한 낙원이

다. 대지는 넓고 꽃은 사방에 찬란하며 향기는 황홀하다. 상상의 낙원도 이보다 더 좋을 수 없다. “아! 너무 좋다” “죽인다” “세상에 이럴 수가!” 온갖 감탄사를 섞어 호들갑 떨어야 정상이다. 거짓을 보이지 않는 인간의 순수함은 진심으로 감탄할 때다. 감탄은 순수의 에너지다. 여럿이 동시에 내뱉을수록 정화의 힘이 커진다. 낙원은 1년에 한순간만 열려 더 경이롭다. 애절할 만큼 짧은 순간은 슬픔이다. 감탄을 모두 나누지 못하는 아쉬움 탓이다. 공유할 수 없는 기쁨은 혼자만의 저릿함으로 반감된다.

초원은 메마르고 척박하다. 연중 강수량이 500mm 남짓한 기후가 모든 것을 설명한다. 겨우내 내린 눈 녹아 봄을 준비하고, 여름 짧은 기간에 한 번 더 비가 내린다. 마른 대지가 원하는 것은 언제나 물, 물뿐이다. 비를 몰고 오는 손님이 최고의 대접을 받는 이유다.

6월 말에서 7월 중순 사이 모기 눈물만큼 비가 내린다. 우리의 장마철에 해당된다. 마른 대지를 품고 사는 모든 생물은 이때만을 기다린다. 바삭거리는 육신을 적실 유일한 기회다. 습기를 머금은 풀들은 일시에 꽃을 피운다. 기회를 놓치면 다음 해까지 기다려야 한다. 기다리지 못한다면 말라죽는 선택뿐이다. 절실함은 모든 이유에 우선한다. 동시에 피우는 꽃의 아름다움은 처절함이다. 생존을 위한 냉혹함은 가장 화려한 모습으로 초연하다. 꽃은 비탄의 변명과 하소연을 하지 않는다. 그저 그렇게 꽃 피우고 자라날 뿐이다.

눈에 보이는 아름다움은 감동이다.

꽃 피는 시기에 벌레의 우화가 함께 진행된다. 벌레는 여린 풀잎을 먹어야 생명을 이어간다. 때를 놓치면 내일은 없다. 동시에 날개를 달고 태어나는 날벌레들이 시야를 가득 메운다. 작게는 모기만 한 것에서부터 크게는 메뚜기만 한 것까지 있다.

떼 지어 날아다니는 벌레들의 소리는 마치 폭풍이 몰아치는 듯 무시무시하다. 꽃을 배경으로 한 시기의 진풍경이다. 아름다움과 공포의 아이러니는 몽골 초원의 진실을 드러낸다. 아름다움의 이면엔 반드시 처절함이 담겨 있다. 벌레 떼를 피해 달리던 차는 흰 꽃 만발한 지역에 멈췄다. 이어진 꽃의 끝은 제공선에 걸려 있다. 보지 못하면 상상은 없다. 눈으로 확인된 광활함으로 비로소 크기의 상상은 가능해졌다. 또다시 감탄이 넘친다. 압도의 풍경은 감정을 추스를 틈 없다. "아!" "으!" "이럴 수가!" 외마디 감탄사는 더 이상의 수사를 붙일 필요 없다.

감탄으로 감동을 이어나간다. 느낌의 표현 없이 감동의 실체를 알 수 없을 것이기 때문이다. 추상적 감상은 허약하다. 펼쳐진 꽃의 광활함, 색채, 햇살, 벌레의 공포로 비롯된 직감의 반응이 더 강인하다. 대상이 분명하지 않은 감탄은 지어낸 감흥이기 십상이다.

감탄은 아끼면 아무짝에도 쓸모가 없다. 예뻐서, 즐거워서, 기분 좋아서, 멋있어서 등등 이유는 뭐라도 상관없다. 실없고 좀스러워 보여도 우리는 감탄해야 행복하다. 드러내지 못하는 감정은 느낌이 없다는 방증이다. 감정을 말로 옮기면 감탄이다. 감탄의 순간이 쌓이면 저절로 감동의 내용을 만들게 된다. 내용이 탄탄해지는 것을 행복이라 부른다.

놀이를 멈춘 인간은 쓸쓸하다

나는 사진 강좌를 몇 개 진행하고 있다. 사진을 사랑하는 방법을 많은 사람들과 나누기 위해서다. 대부분의 수강생들은 취미로 사진을 배우는 이들이다. 부동산이나 재테크처럼 언젠가 도움이 될지도 모르는 효용 같은 것은 없다. 다만 사진을 통해 일상을 즐겁고 의미 있게 만드는 법을 이야기하고 싶을 뿐이다. 수강생들은 연령도 직업도 다양하다. 도대체 사진이 뭐라고 이 사람들은 바쁜 시간을 쪼개고 돈 들여 이 자리에 온 것일까. 그런 의문은 사람들의 표정을 보면서 하나씩 풀리기 시작했다. 그들의 얼굴에서 처음으로 자신이 하고 싶은 일에 몰두하는 즐거움을 보았기 때문이다.

늘 경쟁하며 고단하게 살다 보면 여유를 갖기 어려운 게 세상살이다. 또한 남편과 아내, 상사와 부하 같은 관계의 역할로 굳어지면 자유롭기 어렵다. 한 번도 속내를 시원하게 드러내지 못한 자아는 불편하고 답답하며 억울하다. 사진은 대상과 나 사이에 카메라만 있으면 대화가 가능하다. 카메라란 장난감은 누가 어떻게 사용해도 괜찮다. 세상을 마음대로 휘두르고 잘라내는 놀라운 능력도 갖추고 있다. 이렇게 재미있는 어른의 장난감이 또 있던가?

카메라 파인더는 잊고 살았던 진리를 회복시킨다. 대상에 가깝게 다가서면 크고 선명하게, 멀리 떨어지면 희미하고 작게 보인다. 깨달음은 충격이다. 떠 있는 눈으로 보이지 않던 세상의 비밀은 작은 유리창이 풀어준다. 움직인 만큼, 애정만큼 찍는 사진이다. 누구의 눈치도 볼 필요 없다. 세상은 내 마음대로 잘라진다. 누군가를 의식하지 않는 자발적 행동의 여파는 크고 거세다.

카메라는 자신과 세상을 일대일로 만나게 해주는 통로다. 출입문을 찾게 된 사람들은 신명으로 차 있다. 폭폭한 현실은 잊고 자연의 아름다움에 끌려들었다. 무심코 돌아본 자신의 이면엔 표현의 욕망이 꿈틀거렸다. 찍어낸 사진에서 숨죽이고 웅크려 있던 자아가 드러났다. 세상엔 이토록 놀라운 일도 있다. 지금껏 알지 못한 나만의 세계는 발밑에서부터 우주에 이르기까지 널려져 있다.

새로움의 발견은 기쁨과 재미로 옮아가게 된다. 카메라는 차가운 기계일 뿐이다. 자신의 손을 거쳐야 따뜻한 피가 도는 생명의 그림을 그릴 수 있다는 사실을 알았다. 자아는 기계와 결합해서 무한의 조합과 가능성을 열어준다. 사진 찍는 순간 비로소 온전한 자기를 발견한다.

찍힌 사진은 세상과 소통의 방법을 찾는다. 말단 월급쟁이, 누구의 아내를 밝힐 필요가 없다. 사진은 당당하게 자신의 이름을 걸고 보여진다. 주변의 관심과 주목으로 인정의 지점을 확인한다. 초등학교 학예회 이후 한 번도 주연을 맡아보지 못했다. 감추어진 재능은 뒤늦게 제자리를 찾아간다.

주변의 인정은 소통 노력의 당연한 보답이다. 세상은 아름다움을 본능적으로 밝힌다. 눈 밝은 사람들은 좋은 사진을 기막히게 찾아낸다. 관계에 휘둘리지 않는 사이버 세계의 공정함은 모두에게 적용된다. 자신과 세상이 정당하게 연결된 사실 앞에 용기 내지 못할 사람은 없다. 사진 찍기란 즐거운 놀이는 재테크보다 큰 힘으로 행복에 다가서게 한다. 재산의 풍족함은 외형의 화려함만큼 빈구석을 남긴다. 채워지지 않는 갈증은 여전하다. 내면의 충족에서 위안과 기쁨은 더 커진다. 스스로 충만한 상태를 우리는 행복이라 부른다.

충족되지 못하는 자아는 세월 흐를수록 곤궁해질 개연성을 높인다. 남의 인생을 사는 일보다 비참한 선택은 없다. 스스로 채워가는 시간의 내용물들이 쌓여 크고 단단해진다. 자기만의 생산물이 있는 뿌듯함을 우습게 알 사람은 없다. 별것 아닌 사진 찍기는 행복을 만드는 구체적 실천 방법이다.

행복의 실상이란 무엇일까? 기쁨과 의미로 채워진 시간의 모습일 것이다. 의지로 행복을 끌어들일 수 있다면 마다할 이유가 없다. 인간은 좋아하는 놀이에 빠져 있을 때 가장 행복하다. 놀이를 통해 꿈꾸고 성장했던 어린 시절은 행복했다. 놀이를 멈추어 버린 어른은 쓸쓸하다. 어른의 놀이인 사진 찍기가 필요하고 중요한 이유가 여기에 있다.

코피 섞인 커피의 맛

먹고사는 일에 최선을 다하지 않는 사람은 없다. 등산을 목적으로 한라산 꼭대기를 하루에 두 번씩 오르진 않는다. 직업이라면 열 번이라도 올라야 한다. 마감일이 분명한 업무는 변경할 수도 없으며 연기해서도 안 된다. 일정이 빡빡한 출장이나 여러 인원을 동원하는 공동 작업은 더더욱 그렇다.

한라산에 올라 작업을 하게 된 어느 날, 카메라를 든 순간 눈앞이 캄캄해졌다. 날씨가 추워 배터리가 방전된 것이다. 전원 끊긴 카메라는 무용지물이다. 서둘러 가방을 뒤져봤지만 여분의 배터리는 보이지 않았다. 늘 해오던 작업의 관성으로 방심해 생긴 일이다. 허탈한 시선을 보내는 일행들을 안심시키는 방법은 하나밖에 없었다. 어떻게 해서든 배터리를 구해오는 것. 일행들은 한라산 꼭대기에 남고 나 혼자 제주시로 내려가 배터리를 구해오기로 했다. 가장 짧은 시간에 하산할 수 있는 영실 코스를 택했다. 조급한 마음으로 내달리는 산길의 나뭇가지는 옷을 찢을 만큼 강인했고, 돌부리는 신발 밑창을 뚫을 듯 사나웠다. 그렇게 배터리를 구해오는 데 도합 다섯 시간 가까이 걸렸다. 다섯 시간 동안 쉬지 않고 뛰어다닐 체력이 어디에서 나왔는지 모르겠다. 확실히 위기는 괴력을 발휘하게 한다. 사소한 부주의의 여파는 괴롭고 힘들었다. 배터리, 이게 다 그 놈의 배터리 때문이었다.

해질 무렵 간신히 정상에서 일행과 합류할 수 있었다. 온몸은 땀으로 젖은 지 오래고, 다리는 후들거렸다. 지체할 여유가 없었다. 오늘의 청명함은 반복되지 않고 지는 해도 잡아두지 못한다. 미친 듯이 셔터를 눌러댔다. 부드럽게 중첩된 제주 오름은 해안까지 이어지고, 석양은 황금빛으로 온 세상을 물들였다. 그 순간을 놓치지 않은 것은 행운이었다. 해는 곧 바닷속으로 미끄러지며 모습을 감추었고, 사방은 코발트 빛 어둠으로 물들었다. 드디어 작업이 끝났다. 그제야 사람들의 목소리가 들려왔다. 그날만큼 짧은 시간에 그토록 많은 사진을 찍어본 적이 없다.

한라산 꼭대기는 시로미로 가득 차 양탄자처럼 푹신하다. 한바탕 전쟁을 치른 후 바닥에 앉아 주위를 둘러봤다. 바람은 향기롭고,

추위는 신선했다. 한 친구가 버너를 꺼내 백록샘의 물을 길어와 끓이기 시작했다. 버너와 바람 소리가 포근하게 섞이며 듣기 좋은 화음을 만들어냈다. 커피 마니아인 그 친구는 산에서조차 드립 커피를 내려 마신다. 드립 커피를 마시기 위해선 원두커피와 휴대용 그라인더, 드리퍼가 필요하고 들고 다니기에 결코 가볍지 않다. 친구가 그런 번거로움을 마다하지 않는 이유를 그 순간만은 절실하게 알 수 있었다.

커피 그라인더의 파쇄음이 바람을 타고 퍼져나가 향기와 함께 메아리쳤다. 둘둘 말린 철사를 잡아 빼면 콘(corn) 형태로 조립되는 드리퍼에 종이 필터를 놓았다. 갓 간 커피 분말의 짙은 향은 어둠과 섞이지 않았다. 친구는 주의 깊게 보온병에 커피를 내렸다. 한라산의 맑은 물을 머금은 커피가 거품을 내며 부글거렸다. 커피 향은 온 산으로 퍼지며 시로미 향기를 압도했다. 커피 향은 어떤 향과 섞여도 자신을 드러내는 독선의 위엄으로 인간을 매료시킨다.

모두가 간절했던 커피 한 잔은 적절한 타이밍으로 감동이 되었다. 어둠으로 차단된 눈을 대신해 한층 예민해진 코는 모처럼 감각을 독점하는 호사를 누렸다. 풍기는 커피 향은 전율이고 도취였다. 돌이켜보면 인간 문명사는 오감 충족을 위한 끝없는 추구의 과정이었다. 향료를 얻기 위해 전쟁도 불사했던 인간사의 속내를 그날 산중에서 마신 커피 향으로 공감했다.

위기를 간신히 해결하고, 의외의 장소에서, 커피를 마셨던 일행은 흐뭇하고 행복했다. 차가운 손가락 끝을 녹이는 커피 잔의 온기, 입술에 닿는 따뜻한 액체의 감촉, 씁쓸하고 신 맛, 밤의 색채. 행복의 구체적 모습은 바로 이런 순간의 감동이다.

갑자기 누군가 "윤형! 코피 나"라고 외쳤다. 커피 잔엔 이미 코피가 흥건했다. 아랑곳하지 않고 들이킨 커피는 여전히 향기로웠다. 그날 맛본 커피는 최고였다. 모든 강렬함은 언제나 그렇듯 우연히 다가온다. 그날의 커피 맛이 하루에 두 번 오른 한라산 때문이라면 더 높은 에베레스트에 오를 이유는 충분하지 않은가.

3

절실한 욕망만 남기고 나머지는 버려라

평범과 후회의 맛

"어려서부터 우리 집은 가난했었고 남들 다 하는 외식 몇 번 한 적이 없었고 일터에 나가신 어머니 집에 없으면 언제나 혼자서 끓여 먹었던 라면 그러다 라면이 너무 지겨워서 맛있는 것 좀 먹자고 대들었었어 그러자 어머님은 마지못해 꺼내신 숨겨두신 비상금으로 시켜주신 자장면 하나에 너무나 행복했었어 하지만 어머니는 왠지 드시질 않았어 어머님은 자장면이 싫다고 하셨어 어머님은 자장면이 싫다고 하셨어 야이야이야 그렇게 살아가고 그렇게 후회하고 눈물도 흘리고 야이야이야 그렇게 살아가고 너무나 아프고 하지만 다시 웃고 (중략) 난 당신을 사랑했어요 한 번도 말을 못했지만 사랑해요 이젠 편히 쉬어요 내가 없는 세상에서 영원토록"

어느 날, 그룹 god의 데뷔곡 '어머님께'의 노랫말을 흥얼거리다가 한번 적어보았다. 이 곡을 처음 들었을 때의 울림은 대단했다. 난 여럿이 나와 춤추고 노래하는 가수들의 음악성을 의심한다. 하지만 god의 '어머님께'는 이러한 오해를 단숨에 지워버렸다. 그들이 세상과 소통하고자 하는 방식은 독특하고 친근했다. 특히, 세대를 초월한 노랫말이 감동적이었다. 모자라는 것 없고 배고픔도 겪어보지 못했을 세대인데, 기막힌 리얼리티로 호소하는 god의 음성은 모두의 어머니를 떠올리게 했다.

처음 이 노래를 들었을 때, 몇 소절 듣자마자 어쩐지 서러움이 북받쳤다. 아들에게 제목을 물어보고 이 곡이 들어 있는 god 1집 CD를 어렵게 구했다. 그리곤 운전을 하며 차 안에서 홀로 몇 번이나 '어머님께'를 듣고 또 들었다. 어느 늦은 밤, 이 노래를 들으면서 눈물이 났다. 노랫말의 내용과 나의 어머니가 너무나 비슷한 탓이다. 이후 더 이상 그 노래를 듣지 않는다. 아니, 더 들을 수가 없다.

중학교 1학년 때 나 또한 어머니를 졸라 자장면을 먹었다. 붉은 벽지가 거무스름하게 변한 남루한 중국집 식탁 위에 자장면은 한 그릇뿐이었다. 내 어머니 역시 자장면이 싫다 하셨다. 아들이 자장면을 먹는 동안 어머니는 연신 낡은 사기잔에 엽차를 따라 마시고, 양파 쪼가리와 단무지만 드셨다. 애초에 자식 넷을 키우는 당신 몫의 자장면은 없었다.

자식들 키워 모두 시집, 장가 다 보내놓고, 어머니와 아버지는 늘그막에 식당을 차렸다. 편하게 쉬어도 모자랄 판에 힘든 식당 일을 자처한 노부부의 각오는 대단했다. 부처가 등장해 사람들을 배불리 먹이라 하셨다는 어머니의 현몽이 사명감으로 작용했는지도 모른다. 당신이 들지 못한 자장면 대신 국밥을 남들에게 먹이는 일이 세상에 기여하는 마지막 보답이란 어머니의 믿음은 멋졌다. 난 보통 사람의 밥집이란 의미로 '평범(平凡)'이란 상호를 지어드렸다.

어머니는 정성을 다해 맛있는 음식을 만들고 즐겁게 일했다. 손맛을 알아차린 사람들로 식당은 늘 북적거렸다. 어머니는 당신이 만든 음식을 맛있게 먹어주는 사람들에게 고마워했고 포만감에 찬 표정을 보며 행복해했다. 테이블이 몇 개 되지 않아 더 많은 사람들을 맞이하지 못하는 미안함은 매일 커져만 갔다. 어머니는 일찍 가게 문을 열고 늦게 닫는 것으로 아쉬움을 달랬다.

젊은 사람들도 힘든 식당 일은 급기야 어머니의 건강을 해쳤다. 다리 관절이 상하고 허리를 다쳐 두 번의 큰 수술을 받았다. 몇 달의 입원 기간 동안 자식들은 이번 기회에 평범을 접으라고 만류하고 또 만류했다. 어머니는 의외로 단호하게 우리의 요청을 거부했다. 평범은 세상과 소통하고 현재를 즐기는 무대였던 것이다. 어머니는 밥을 맛있게 먹어주는 젊은이들에게 말을 붙이며 오늘을 파악했고, 식재료를 대주는 상인을 통해 바깥과 교류했다. 멍하니 시간을 죽이는 노인의 휴식이란 외부와의 단절과 노쇠를 확인시키는 고통이란 것을 본능으로 알았다. 무기력한 노파이길 거부한 단신의 여인은 당당함으로 우뚝했다. 입원 기간 내내 어머니는 평범을 떠올리며 건강이 회복되리란 믿음을 키웠다. 단골손님들도 어머니를 걱정했다. 좁은 병실은 소식을 듣고 문병을 온 손님들로 넘쳤다. 사람들이 보낸 성원과 기원은 기적적으로 어머니를 회복시켰다.

이제 어머니는 다시 평범으로 복귀해 음식을 만들고 있다. 이전보다 더 활발하고 즐거워 보인다. 당신의 국밥을 찾는 소중한 사람들 덕분이다. 스러지는 노화의 고통은 여전하다. 손님들이 보내는 "잘 먹었습니다"라는 진심어린 인사가 어머니의 약이다. 사람들은 어머니의 정성과 손맛을 여전히 잊지 못한다. 평범 앞에 오랜 시간 줄을 서서 기다리는 풍경이 자연스런 이유다.

여느 어머니들처럼 내 어머니 또한 자식 넷을 키우느라 모든 것을 바쳤다. 당신보다 아들 입에 들어가는 자장면을 보며 포만감을 채우셨을 것이다. 희생을 힘들다고 여기지 않았던 당신의 사랑은 우직하고 미련했다. 어머니에게 밥은 곧 사랑이다. 당신의 밥을 이제 모두의 자식들이 먹는다.

어머니에게 진 빚을 조금이나마 갚고 싶었다. 어렵게 시간을 맞춰 두 분과 제주도 여행을 떠났다. 이국적 풍광이나 편안한 숙소보다는 어쩐지 온전한 당신들 몫의 자장면을 배불리 드시게 하고 싶었다. 자장면으로 유명한 마라도의 철가방 해녀집에 일부러 들른 이유를 어머니는 모른다. 늘 비어 있던 어머니의 자장면 그릇은 40년 만에 비로소 제자리를 찾았다.

바닷가에서 어머니의 손을 잡았다. 바스라질 듯 마르고 얼음장처럼 차가웠다. 서로의 손을 잡아본 것이 얼마만이던가. 무심했던 아들은 선명하게 제 어미의 현재를 느꼈다. 매캐한 설움이 마라도의 세찬 바람에 섞여 아팠다. 제 마누라와 새끼가 우선이었던 아들에게 어머니는 멀고 먼 타인과 다르지 않았다. 자장면이 싫다 했던 어머니 허기는 아직도 채워지지 못했다.

노인의 앞날에는 확신이 없다. 덜컥 맞게 될 어머니의 부재는 싸구려 연민으로 채우지 못한다. 내가 해드릴 수 있는 것은 살가운 말 한마디와 맛있는 자장면을 사드리는 일이 전부일지 모른다. 후회는 상대 없는 독백에 불과하다. 사랑하는 사람이 사라지기 전에 만지고 부비고 함께해야 그리움이 덜 남을 것이다. 그것이 서로에 대한 보답이다.

절실한 욕망만 남기고 나머지는 버려라

누구든 살면서 훌륭한 멘토를 만났다면 다행이다. 적어도 나쁜 길로 빠져들 확률이 적다는 이유다. 내게는 두 분의 멘토가 있다. 한 사람은 변신의 필요를 일깨워준 출발의 은인이고, 다른 한 사람은 실행의 방법을 일러준 행동의 은인이다. 전자는 변화경영연구소 소장 구본형, 후자는 태창철강 회장 유재성이다. 선불리 존경을 표시하지 않았던 나는 이들을 진정한 스승으로 삼았다.

변화되고, 그에 따른 결실을 맺기 위해선 실천해야 한다. 나는 두 스승의 말과 행동을 지켜보며 따랐다. 이기적 신뢰 혹은 맹목적 추종이라 불러도 좋다. 그들에게서 말과 행동이 겉도는 모습을 보았다면 어림도 없는 일이다. 믿음은 스스로 키워갈 때 더 단단해진다. 어설픈 의심과 회의로 허비할 시간이 내겐 없었다.

두 멘토의 가르침은 정확했다. 10년이 지난 지금, 나는 변화를 선택한 결과를 살고 있는 중이다. 이젠 적어도 외압에 휘둘리지 않

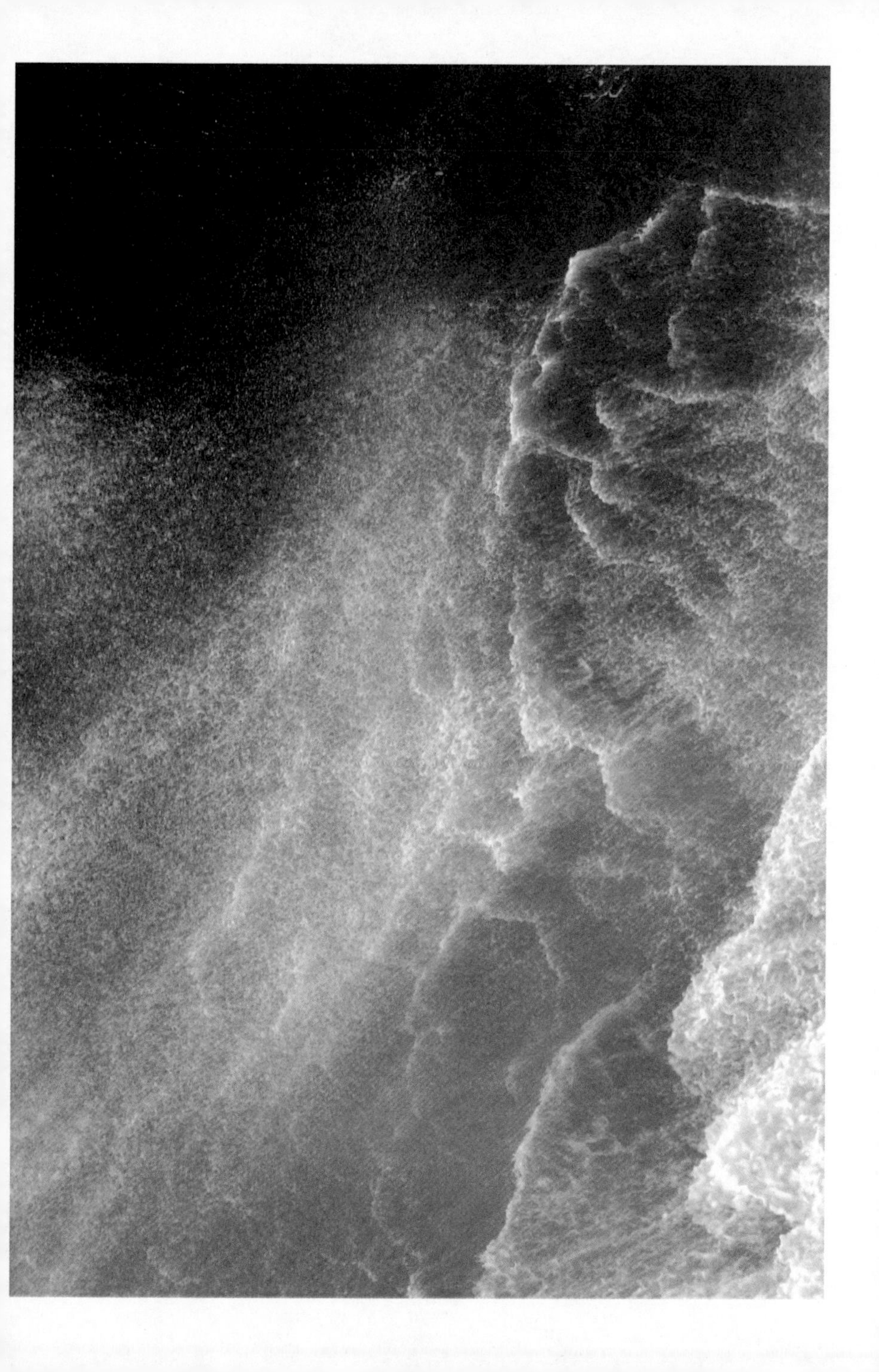

는 힘과 마음대로 결정할 자유를 얻었다. 자신의 힘과 시간으로 세상과 직접 만나 펼치는 다채로운 삶이 그리던 모습이다. 뭐가 됐든 스스로 선택하고 이룬 업적이라야 아름답다.

출발을 열어준 구본형과 스스로 선택한 길을 완성한 유재성이 내게 본보기가 됐다. 선학은 후학에게 확신을 보여주는 것이 도리다. 꿈이 현실로 바뀐 사례를 보여주지 못한다면 믿을 수 없기 때문이다. 다행히 그들이 온몸으로 부대껴 이뤄낸 성공을 세상이 확인했다. 두 분이 보여준 성공을 진심으로 받아들이지 못했다면 오늘의 나는 없다.

10여 년 전, 나는 멀쩡하게 다니던 회사를 그만두었다. 변화가 절박했던 시점이었다. 그곳에 그대로 남아서 맞이할 미래의 느슨한 모습이 끔찍했다. 정신 번쩍 들게 할 긴장이 필요했다. 바다에 뛰어들면 1퍼센트의 생존확률이 있고, 그대로 남으면 죽음뿐인 난파선에 탄 선원의 심정이었다. 가리고 재서 분명해질 결단이라면 그대로 남아야 했다. 그런 내게 멘토는 변화와 개혁의 절실함을 한 권의 책에 담아 보내왔다. 그의 강렬한 선동은 매혹적이었다. 갈등을 끝내고 무작정 바다에 뛰어들었다. 역시 풍랑은 격하고 거셌다. 뼈를 에이는 추위와 배고픔도 만만치 않았다. 이대로 곧 죽을 것만 같았다. 되돌릴 방법도 없었다.

시간이 흐르자 의외로 바다는 견딜 만했다. 죽음의 공포는 막연한 불안이 키운 상상이었다. 살아 있으면 결국 살아지는 게 사람이다. 두려움을 떨치고, 구조대가 오길 기다렸다. 곧 잘못된 생각임을 깨달았다. 원하는 시간과 장소에 대기시킨 구조대가 내게는 없었다. 난 나사의 귀환 우주인이 아니다. 구조의 행운을 누리는 사람은 언제나 극히 드물다. 죽음을 각오하고 뛰어든 바다에서 살 길은 스스로 헤엄쳐 나가는 것뿐이다. 구조대를 만나거나 육지를 발견하지 못하면 죽음이다. 추위와 절망에 져도 죽음이다. 유일한 희망은 1퍼센트의 생존확률이다. 포기하면 그나마 사라진다. 죽더라도 난 파선에서 가장 멀리 떨어진 곳에서 발견되고 싶었다. 그 거리는 새로운 선택의 간절함을 얼마나 원했는지 말해줄 테니까.

어렵긴 했지만 바다에 뛰어든 것은 잘한 일이었다. 헤엄치는 동안 날이 밝고 배도 나타났다. 어둠이 걷히면 희망의 크기는 순식간에 커진다. 가장 힘든 것은 기약 없는 시간의 지체다. 하지만 시간도 별 수 없이 흘러간다. 행동의 멘토는 이때쯤 나타났다. 그에게는 매끈한 이론이나 강렬한 선동은 없었다. 내가 더 잘 헤엄쳐 나아가도록 직접 시범을 보이고 격려를 해주었다.

"저 앞에 반드시 구조대와 육지가 나타날 것이란 확신을 버리지 마라. 죽지 않을 만큼의 체력과 배짱만 있으면 된다. 살아남아 무엇이 되고 싶은지 하나만 두고 다 버려라. 가장 하고 싶은 일이 바로 너의 절실함이다. 그 절실함이 변질되지 않도록 단련해라. 확신은 포기하지 않으면 저절로 찾아든다. 헤쳐 나간 거리와 생각이 옳다면 절대 외면하지 않는 게 세상이다."

두 멘토의 가르침 덕분에 난 변화와 개혁을 받아들이고 우직하게 버텼다. 이젠 과거의 안정과 얄팍한 자부심이 그립지 않다. 하고 싶은 것을 하고 사는 행복이 무엇인지 안다. 스스로 구한 밥과 선택으로 세상을 사는 맛도 안다.

그렇다면 과거의 나는 무엇이 두려워 뛰쳐나가지 못했던 것일까? 가진 것이 뭐 그리 대단해 놓지 못했던 것일까? 거친 바다로 뛰어들지 못하도록 발목을 붙든 것은 길들여진 존재의 나약함이었다. 더 정교하고 힘 있어 보이는 기존 질서에 편입하는 것이 이롭다고 생각했다. 아니, 솔직해지자. 세상과 정면으로 맞붙을 용기와 힘이 없었던 것이다. 전장에서 맨 앞에 나서 싸우는 장수는 아무나 하는 게 아니다.

우리는 바로 짐을 꾸려 떠나야 한다. 새로운 만남을 위해. 떠나지 못하는 자는 영원히 자폐의 삶을 산다. 이 세상의 1/3은 여전히 빈 땅이다. 등을 맞대고 살아가야 할 인간들은 60억 명이 넘는다.

여전히 갈 곳은 많고 해볼 일도 많다. 보지 못하면 꿈조차 꾸지 못한다. 꿈이 희망이다. 상상을 현실로 바꿀 수 있다면 어제와 오늘의 안락함은 버려도 아쉬울 것이 없다.

세상은 열려 있지만 혼자 가려면 막막하다. 눈에 보이는 깃발이 있으면 훨씬 수월하다. 선학들이 꽂아놓은 깃발들은 이미 휘날리고 있다. 그 깃발을 등불 삼아 걷다 보면 희망의 땅과 연결될 것이다. 후학의 이점은 선학의 발자국을 더듬어 참고할 수 있는 여유다. 설사 틀리더라도 크게 손해 볼 일은 없다. 이리저리 기웃거리고 만져보는 동안 방향은 더욱 선명해지므로 희망을 확신하는 사람일수록 지도 없이 무작정 길을 나서지 않는 법이다.

가만히 앉아 있으면 아무 일도 생기지 않는다. 과거와 단절하고 새롭게 출발하는 일이 중요하다.

"일단 출발하면 되돌릴 수 없어 나아간다. 나간 길은 다음이 궁금해 멈추지 못한다. 멈추지 않으면 반드시 끝을 보게 된다."

훌륭한 멘토의 치밀한 가이드는 모두에게 유용하다.

확실한 죽음이 아닌 가능한 삶을 택하라

그를 처음 만나던 날, 나는 무척 설렜다. 그의 책 『익숙한 것과의 결별』로 시작된 구본형과의 인연을 허투루 흘려버린 적이 없다. 내 멋대로 그를 멘토 삼아 지낸 지도 10년이 훨씬 넘었다. 처음 만났던 날, 존경하는 인물은 부드럽고 따뜻했다. 연희동의 한 음식점에서 코가 매캐할 정도로 삭힌 홍어를 씹으며 평소의 흠모를 고백했다. 대낮부터 소주잔을 기울인 취기 때문만은 아니었다.

『익숙한 것과의 결별』 개정판에 들어갈 사진을 내가 맡게 된 것은 행운이자 필연이었다. 그와 약속을 잡은 날, 먼지 쌓인 책을 다시 꺼내 읽었다. 10여 년의 시차가 무색할 만큼 내용은 현재를 관통하고 있었다. 당시의 구본형은 내 삶의 구체적 롤 모델이었다. 먼발치에서 품었던 존경의 마음을 직접 건네게 된 세월은 제법 길었다. 그동안 멘토의 충고를 흘려버리지 않기 위해 책에 몇 겹의 밑줄을 쳐놓았다. 그 내용을 하나씩 실천하기로 결심했지만 현실은 쉽지 않았다. 시시때때로 다 포기하고 싶다는 좌절감이 몰려왔다. 그의 말을 따르지 못하는 나약함이 문제였다. 목까지 차오르는 절박함에도 달라지는 것은 없었다. 추락의 끝은 보이지 않았다. 한 푼도 벌지 못하는 나날들이 이어졌다. 책에서 말한 절박함의 상태를 온몸으로 실감했다. 더 이상 물러설 곳이 없었다. 멘토의 말은 얄밉게도 이때쯤 효과를 발휘하기 시작했다.

"앤디 모칸은 삶과 죽음을 가르는 그 순간 불타는 갑판에 그대로 남아 있는 것은 곧 죽음을 기다리는 것과 같다는 것을 깨달았다. 그는 구조될지 모른다는 실낱같은 희망을 안고 바다로 뛰어드는 목숨을 건 선택을 감행했다. 그의 행동은 '확실한 죽음'으로부터 '죽을지도 모르는 가능한 삶'으로의 선택이었다."

그가 한 말은 몇 톤에 버금가는 무게로 나를 내리쳤다. 확실한 죽음에서 가능한 삶으로의 전환은 비로소 가능했다. 나의 진심을 읽은 그는 함께 일을 해도 좋다는 확신이 든 듯했다. 이후 우리는 함께 여행을 떠났다. 강원도 개인산 자락의 누추한 숙소와 이불의 비릿한 악취 따위는 상관없었다. 그가 풀어놓는 인간과 세상 이야기가 더 향기로웠으니. 그는 애써 설명하려 들지 않았다. 말이 의미를 가리고 상상을 제약할까 봐 우려했기 때문이다. 존경하는 인물과 닭을 나눠 먹으며 나눈 시시콜콜한 대화의 감동을 이 자리에 다

옮길 수는 없다. 분명한 점은 창조적 삶의 필요와 실천을 공유한다는 지점에서 우리는 맞닿았고 가까워졌다. 남자들의 친소 관계란 시간의 양이 아닌 의미의 밀도로 달라질 수 있음을 알았다.

구본형과 나에겐 몇몇 공통점이 있다. 우선 둘 다 월급쟁이 출신이란 점이다. 그대로 다녀도 별 문제 없었을 두 직장인은 차츰 자신의 미래에 절망했다. 시키는 일 대신 자신의 삶과 꿈을 원했다. 둘 다 마흔 초반 즈음 제 발로 회사를 뛰쳐나왔다. 구본형은 글을 쓰는 일과 강연으로 변화를 실천했다. 나 역시 글과 사진을 아우르는 작가가 되었다. 그와 나 모두 베스트셀러 저자란 출판가의 영예를 누리기도 했다. 자신과 세상을 바꾸기 위한 경영의 필요를 외치는 중심에 그가 있었다. 반면 일상의 잡다한 관심에 의미를 부여하는 변방이 나의 몫이다. 다른 주제와 방법을 다루고 있지만 변화의 힘과 행복의 복원을 확신하는 지점에서 우리는 서로 만난다.

학자 혹은 선비를 연상시키는 그와 마초과인 난 일견 어울리지 않아 보인다. 만나기 전에는 그가 나를 거부할 수도 있겠다는 생각을 했다. 그래도 이상하게 자신이 있었다. 그의 의식과 행동 방식에서 묘한 동질감을 확신했기 때문이다. 다가서는 사람을 매몰차게 밀어내는 성품이 아님을 만나지 않아도 알 것 같았다.

구본형과의 두 번째 여행은 스무 명이 넘는 사람들과 동행했다. 그의 책에 나오는 전라남도 여행지를 팬들과 함께 돌아보는 자리였다. 여행을 하면서 그가 겪었던 비감과 희망은 모두의 과제란 것을 알았다. 풍경은 그 여행의 목표가 아니었다. 인간과 삶의 문제가 조화와 균형으로 땅에서 펼쳐지길 소망했다. 풍경은 실천의 해법을 찾아가기 위해 자신을 비추는 거울이었다. 지성과 향기가 넘치는 인간은 풍경마저 선생으로 삼는 모양이다.

그는 허허로운 눈빛으로 눈앞의 바다와 산을 바라보았다. 말을 아끼고 사람들의 말에 먼저 귀를 기울였다. 짐짓 확신하는 어조로 사람들을 이끌려고 하지 않았으며, 과장의 몸짓도 없었다. 자주 웃고 가까이 다가가 어깨를 감싸주었을 뿐이다. 우스개 속에는 애정이 넘쳤고 걱정에는 진심과 배려가 담겨 있었다. 참가자들은 구본형의 인품에 매료되었다. 이웃집 아저씨 같은 편안함에서 세대의 격차를 넘은 우정을 쌓고 갔다.

의미를 찾고 실천하게 만드는 그만의 재주는 탁월하다. 지식과 실천의 양립은 적어도 그에게는 공허한 울림이 아니다. 인간의 본성을 정확하게 꿰는 그의 역량은 끊임없는 독서와 사색에서 나온다. 엄청난 장서가 있는 그의 서재는 인문의 우주다. 그곳은 경영을 문학의 필치로 그려낼 수 있게 해주는 바탕이다. 그가 현상의 말단이 아닌 삶 전체를 관통하는 사고로 세상을 볼 수 있는 힘을 책에서 보았다.

그를 향한 존경은 계속 이어질 것이다. 어렵고 힘든 시절, 내게 구체적인 방향과 방법을 제시해주었다. 출발의 은인으로 불러 마땅하다. 직관과 현실의 언어가 어울려 번지는 위력을 잊지 못한다. 나는 여전히 구본형의 추종자다. 좋은 출발을 열어주었으니 결과도 좋을 것이다. 훌륭한 멘토를 두었다면 행운과 축복을 다 가진 셈이다.

가장 공평하고 가장 불공평한 규칙, 시간사용법

기업가 유재성과 사진쟁이 윤광준은 친구다. 열세 살의 나이 차는 문제되지 않는다. 나이란 사람을 편의상 분류하는 잣대일 뿐이다. 그의 친구는 이십대부터 팔십대까지 고루 퍼져 있으며 국적과 피부색, 남녀를 가리지 않는다. 말이 통하는 상대라면 누구나 그와 친구 될 자격이 있다.

첫 만남 이후 벌써 10년이 흘렀다. 곁에서 지켜본 그는 세상에서 가장 바쁜 사람 가운데 하나다. 여권엔 스탬프를 찍을 여백이 없다. 총 300만 마일이 넘는 여정이 기록되어 있는 탓이다. 웬만한 회사의 전 직원이 다녔을 거리를 다 합쳐도 미치지 못할 거리다. 1년의 대부분을 해외출장으로 보내는 그 앞에서 바쁜 척할 땐 조심해야 한다. 시간이란 쓰는 것이 아니라 만들어내는 것이기 때문이다.

어렵게 낸 시간을 공유하지 못하면 친해질 방법은 없다. 현재에 통용되지 못하는 관심과 업적은 평가절하될 공산이 크다. 시간의

결과가 누구에게나 공평한 모습으로 나타나지는 않는다. 유재성에게 시간 허비란 이해받지 못한다. 몰입했던 시간의 성과만을 인정하는 확신은 정당하다. 성과는 현재를 비춘 모습이어야 아름답다. 허울뿐인 과거의 화려함은 별 쓸모가 없다.

지금까지 그가 못한 일이 무엇일까. 애 낳기와 젊은 시절로 돌아가기 정도다. 이런 일은 남자와 인간의 영역으로 볼 수 없으므로 그냥 하는 말이다. 내친김에 그의 관심사를 읊어봐야겠다. 나무, 비단잉어, 개, 미술품 수집, 정원, 음악, 오디오, 미술, 사진, 건축, 문학, 산악자전거, 산악오토바이, 스킨스쿠버, 스노모빌, 낚시, 여행, 와인, 미식, 여자 등등. 내가 미처 파악하지 못한 부분도 더 있을 것이다. 이토록 다양한 관심과 취미 혹은 섭렵이 한때 했던 것이 아니라 현재진행형이란 점이 놀랍다.

이 모든 취미는 경영자의 바쁜 일상과 병행된다. 겉모습만 보고 팔자 좋은 사람의 호사라 비양하지 말기 바란다. 지속의 힘은 한때의 열정보다 언제나 우위에 있다. 그의 안테나에 걸려든 대상은 낚시의 미늘에 걸려든 것처럼 절대 빠져나가지 못한다.

나무, 개, 비단잉어에 심취한 것은 벌써 30여 년 전부터다. 모과나무와 소나무는 훗날 만들 정원을 위해 오래전부터 준비해온 것들이다. 순수한 취미인 개와 비단잉어 기르기는 집뿐만이 아니라 회사에서도 한다. 한때 비단잉어를 팔고 개장수도 했다는 사실을 아는 사람은 다 아는 비밀이다. 하도 사기꾼이 많아 제대로 된 장사치 노릇을 하겠다고 나선 호기 탓이다. 유별난 행동을 일삼는 그에게 마나님은 '유별나'란 별명을 붙여주었다. 특히 스포츠 분야에서 보여주는 다재다능함은 감탄을 불러일으킨다. 평생 운동으로 단련한 몸으로 혼자 즐기는 놀이가 특기다. 가끔 팔다리에 깁스를 하고 나타나는데 이는 뭔가 새로운 도전을 하다가 다친 흔적이다. 스포츠에 대한 집착은 어린 시절 앓은 소아마비 후유증을 극복하기 위한 노력이다. 유재성은 장애도 의지로 극복된다고 믿는 강인한 사람이다.

사실 유재성의 진짜 전문 분야는 예술이다. 집무실은 금박을 두른 장식용 전집 대신 예술 관련 전문서적과 수집품들로 가득하다. 시인이 되고 싶었던 소년은 예술을 이해하고 소비하는 것으로 마음의 빚을 덜었다. 자신의 예술적 감성을 갈고닦아 심미안을 키워낸 것이다. 최고의 안목을 갖추기 위해 전 세계의 유명 예술품을 직접 돌아보는 노력도 아끼지 않았다. 체험과 감동이 없으면 지식은 공허한 상상에 머무를 뿐이다. 대화에서 묻어나는 묘사의 생생함은 축적된 공력의 표현이다. 회사 사옥과 정원은 온몸으로 체득한 안목을 바탕으로 만든 작품이다.

세상의 모든 것을 본 인간은 겸허하다. 아름다움의 가치는 독점하는 것보다 나눠야 커진다는 믿음을 갖고 있었다. 어디에 내놓아도 모자람이 없는 갤러리나 시설 좋은 공연장은 두 번째다. 그 안에 담긴 내용물이 모두를 행복하게 만들어주는 것이 중요하다. 부의 효용과 가치는 정당한 목적이 실현되는 순간 완성된다고 믿었다.

스스로 이룩한 부를 만인이 누릴 수 있는 풍요로 되돌리는 것에 망설이지 않고 꿈을 행동으로 채우며 확신을 만들어 나간다. 이해와 수용만으론 모자란다. 꿈꾸는 자의 열정은 살아 있는 동안 실현되어야 아름답다. 핵심은 바로 시간이다. 꿈은 죽음이 있기에 더욱 선명해지는 법이다. 삶이 영원하다면 꿈도 여러 번 반복하며 이룰 수 있을지도 모른다. 단 한 번뿐인 인생에서 꿈을 이루기 위한 시간은 너무나 짧다.

그의 말에서 문득문득 배어나오는 짙은 허무를 읽었다. 죽음에 맞서는 최상의 길은 현재를 치열하게 사는 것뿐이라는 것을 잘 알고 있는 듯했다. 체력과 시간의 고갈로 허덕이기 전에 우리는 해야 할 일이 많다. 자신의 삶을 사랑하지 못하면 죽음은 성큼성큼 빠르게 다가온다. 허겁지겁 삶을 마감하는 비참함은 살아 있는 자들의 가장 큰 공포다. 그는 덧없는 허무에 맞서 스스로 고안한 게임을 벌이고 있는 중이다.

닥쳐오는 죽음을 피하지 않는 놀이. 삶이 얼마나 빛나고 아름다운지 아는 승자의 선택이다.

우리를
이끄는 것은
사랑

어언 30년도 지난 이야기다. 아무리 떠들썩했던 사건도 1년이면 까맣게 잊는데 30년 전은 너무 오래된 과거일까. 1983년 여름, KBS에서 벌인 이산가족 찾기 방송은 그 해의 가장 큰 사건이었다. 전쟁 후의 혼란으로 흩어진 가족을 찾아주려는 뒤늦은 노력이었다. 혹시나 하는 심정으로 모여든 5만 여 명의 사람들로 여의도 앞 광장은 가득 찼다. 당시 대학 졸업을 1년 앞두고 있던 난 그곳을 자주 들락거렸다. 부모님 두 분이 모두 혈육과 헤어진 이산가족인 탓이다.

가족과 헤어진 아픔은 겪지 않아도 공감된다. 가족이란 지긋지긋해도 그림자처럼 뗄 수 없는 관계니까. 타의로 가족과 헤어진 당사자의 절박함은 어떤 표현으로도 옮기지 못한다. 그 해 여름의 광장은 한숨과 눈물로 넘실댔다. 사람들은 저마다 찾고자 하는 가족의 이름을 종이에 열심히 적었다. 우람한 방송국 기둥과 벽에 붙은 간절한 염원을 담은 종이들이 하얗게 물결쳤다. 덕지덕지 붙은 종잇장들은 매끈한 건물을 비애의 공간으로 바꾸었다.

어떤 남자는 가족의 이름을 건물 벽에 붙이는 것만으로 성에 차지 않는 모양이었다. 사람들이 많이 다니는 길목에 드럼통을 놓고 하나 더 붙였다. 이산의 원인이었던 혼란과 무질서를 다스릴 묘책이라 여겼을 것이다. 도드라진 이름 석 자와 사연은 처절하고 비감했다. 하필 그날 소낙비가 내렸다. 글씨가 젖어 지워질까 봐 노심초사하며 드럼통 주위를 떠나지 못했다.

8월의 염천, 후텁지근하게 녹아내리는 아스팔트 위에선 숨 쉬는 것도 힘들었다. 한참 만에 다시 그곳을 찾았을 때 남자는 여전히 그 자릴 지키고 있었다. 앉고 일어서길 반복하며 땀으로 범벅된 얼굴을 훔치는 그의 손에는 우산이 들려 있었다. 우산은 두 개였다. 사람은 하나인데 우산은 두 개라니. 갑자기 울컥하며 목구멍으로 매캐함이 밀려왔다. 빈 우산은 오늘 만날지도 모르는 가족에게 씌워줄 여분이었던 것이다. 그날 드럼통에 붙은 이름을 확인하는 사람들이 더러 있었지만 남자가 찾는 가족은 아니었다. 시간이 지날수록 얼굴엔 실망한 기색이 역력했다. 지친 남자는 바닥에 쪼그리고 앉아서도 우산만은 손에서 놓지 않았다.

그 순간을 놓치고 싶지 않았다. 카메라를 들고 사진을 찍기 시작했다. 그와 눈이 마주치지 않도록, 절실함을 방해하지 않도록 조용히. 이후의 일은 잘 알지 못한다. 미루어 짐작컨대 남자는 계속된 회한으로 깊은 주름이 좀 더 늘었으리라. 영영 가족을 찾지 못하고 세상을 떠났을 확률이 더 높다. 이 사진은 20년 이상 나의 사진 파일에 묻혀 있었다. 당사자의 아픔을 사진거리로 만들어 보여주고 싶지 않았던 이유다. 올해로 정확히 28년이 흘렀다. 이제 이 사진은 '모두의 역사'로 보아도 무방할 것이다.

전쟁의 상흔은 여전히 가까운 곳에 남아 있다. 우리 가족 역시 북한에 있는 큰아버지와 외삼촌은 생사 여부조차 알지 못한다. 형제를 볼 수 없는 당사자인 부모의 아픔과 회한이 얼마나 클지 자식인 나로서도 헤아리기 어렵다. 다만 체념으로 인해 기대가 점점 줄어든다는 것만은 알겠다. 그리움은 절실할 때 해소되어야 한층 더 애틋하다. 너무 오래 쌓여 마모된 그리움은 강도마저 무뎌진다. 기억 속의 그리움이 불현듯 치미는 날이면 현재는 과거를 이기지 못한다.

이산가족의 가장 큰 고통은 회한의 망령으로 늘 집안에 그림자를 드리운다는 점이다. 때로는 가족을 만나지 못하는 현실보다 상실과 부재가 증폭시키는 연민을 삭히는 게 더 힘들다. 이지러진 감정은 자식 세대에도 영향을 미친다. 나는 두 번이나 금강산과 개성을 다녀왔다. 북한에 가면 큰아버지와 외삼촌의 소식을 듣게 될지도 모른다는 일말의 기대감 때문이었다. 다른 여러 경로로도 알아보았지만 아무런 성과가 없었다. 야속한 세월은 재회의 자리조차 만들어주지 않을 모양이다. 시대를 잘못 만나 고난의 삶을 산 부모 세대의 마지막 희망은 불발될지도 모르겠다. 설사 만난다고 한들 한풀이 이상의 의미는 없다. 이젠 너무 늦었다. 시간은 돌이키지 못해, 만나지 못한 세월 동안 패인 상처는 치유되지 않는다. 그래도 난 여전히 대한적십자사와 중국의 루트 등을 통해 소식을 알아보고 있다.

한편으론 부모를 대신해 찾아야 하는 친척이 있어 축복이다. 나 자신의 뿌리와 늘어난 가계를 확인하고 싶다는 기대도 크다. 인연의 끈을 계속 이어 나가야 하는 이유는 간단하다. 스스로 선택하지는 않았지만 포기할 수 없는 이끌림 때문이다. 내가, 우리가, 이토록 보이지 않는 끌림을 이어가는 사연은 결국 가족이기 때문이다. 인간은 가족보다 질긴 끈을 만들지 못한다.

열정이 습관이 될 때 나타나는 것

사진첩을 들추다 보니 빛바랜 사진 한 장이 눈에 띄었다. 오래전 없어진 서울 잠원동의 고아원에서 찍은 사진이다. 이제 삼십대 후반에 접어들었을 주인공들은 아마도 번듯하게 잘 살고 있을 것이다. 고아원에 들른 것은 당시 일하던 잡지사의 취재 때문이었다. 이후 사진 촬영을 위해 여러 번 그곳을 드나들었다. 아이들 중 유난히 눈을 맞추는 몇몇 녀석들과는 곧 친해졌다. 따뜻한 정에 목말랐던 원생들이 오랜만에 보인 관심으로 기억한다. 그 가운데 사진에 찍힌 한 녀석은 나를 무척 따랐다. 선한 눈매에 상고머리를 한 그 아이에게선 고운 심성이 엿보였다. 녀석의 얼굴에는 그늘이 아니라 세상의 모든 것이 궁금한 호기심으로 가득했다.

"외국에 가본 적 있어요?" "미국에선 정말 텔레비전 같은 물건을 버리기도 해요?" "파리의 에펠탑은 앞에 보이는 아파트보다 높아요?" 쉴 새 없는 질문 틈틈이 자기가 크면 미국에 가서 기업체

사장을 하며 살 것이라 말했다. 버림받은 어린 영혼은 원망과 자학 대신 외부 세계를 동경하며 꿈을 키우는 듯했다.

미국과 프랑스를 다녀왔다는 것만으로 녀석에게 선망의 대상이 됐다. 부러운 시선으로 반짝이던 눈망울이 지금도 선하다. 나는 아이의 물음에 꼬박꼬박 대답을 해주었다.

"잘사는 미국 동네에선 텔레비전보다 비싼 물건도 버리더라."
"에펠탑을 보니 잠원동 15층 아파트보다 다섯 배는 높더라."

몇 번이나 더 고아원에 들러 사진을 찍으며 이들의 실상을 보았다. 지금도 그렇지만 예전의 복지예산은 넉넉하지 못했다. 소외된 이들에게 돌아갈 몫은 보잘것없었다. 아이들의 가장 큰 바람은 제과점 쇼윈도의 빵과 과자, 가게의 아이스크림을 배불리 먹고 싶다는 것이었다. 그보다 더 절실한 것은 관심과 사랑이었겠지만. 내가 해줄 수 있는 것은 녀석을 만날 때마다 먹거리를 사주는 정도였다. 많지 않은 금액이지만 고아원에 후원도 했다. 형편이 나은 선배의 얄팍한 동정심이었다. 취재를 끝내자 그들을 향한 관심도 시들해졌다. 잠깐의 선행으로 이들을 배려했다고 믿었던 것 같다.

너무 일찍 결핍을 온몸으로 견뎌야 했던 이들의 현재가 갑자기

궁금해졌다. 시련을 극복하지 못하고 좌절했거나, 꿈을 이루었을지 모른다. 특히 꿈이 많았던 그 녀석만은 잘 됐을 거라고 믿는다. 그렇게 가고 싶어 했던 미국 혹은 프랑스에서 성공해 잘 살고 있을 거라고. 무엇보다 필요 이상의 아픔과 부모에 대한 증오를 품지 않은 아이였기에 더욱 그렇게 믿는다.

인간의 심성은 교육과 환경에 크게 좌우되지 않는다고 생각한다. 고대 그리스의 철학자 소포클레스는 이를 캐릭터라는 개념으로 설명했다. 동전의 표면에 새겨진 부조처럼 아무리 시간이 흘러도 본성은 그대로 유지된다는 의미일 것이다. 반대로 말하면 결핍 같은 것 역시 본성을 억누르는 절대적 한계가 될 수 없다. 결핍을 열정으로 극복하는 성공 스토리는 많다. 열등감, 가난 혹은 현실에 대한 불만처럼 채워지지 않는 욕망의 빈자리는 모든 이의 결핍 아니던가. 모자라기 때문에 극복하려는 의지가 더 타오르고 욕망을 실현하고자 하는 노력을 하게 된다. 한 사람의 현재에는 살아온 시간의 이력이 담겨 있다.

성공은 한순간에 획득할 수 있는 전리품이 아니다. 결핍을 채우기 위해 노력한 시간이 쌓여 성과를 내면서 성공이 그 모습을 차츰 드러낸다. 지나치게 거대한 누군가의 성공 신화와 비교할 필요는 없다. 하고 싶은 일을 하면서 인정을 받는 정도도 이루기 어렵다. 각자의 꿈과 그릇의 크기만큼 성공을 누릴 수 있다면 다행이다. 우리는 결핍을 친구처럼 잘 사귀면서 진정 하고 싶은 일에 열정을 쏟아야 한다. 열정에는 또한 맹목이란 에너지가 필요하다. 목표를 너무 의식하면 불안하고 초조하기만 하다. 따지고 가리면서 분별하는 것은 열정이 아니다. 열정의 시간들이 습관으로 굳어질 즈음 조짐들이 나타날 것이다. 가능성이 나타났다 싶은 순간 성공은 눈앞에 대기하고 있을 것이다.

언젠가는 사진 속의 소년과 해후하고 싶다. 빛바랜 추억이 우정으로 복원되길 기대해본다. 인간의 성장을 지켜보는 것, 멋지게 성공한 이들을 바라보는 것은 큰 기쁨이다. 모두 함께 잘된다면 그보다 더 좋은 일은 없을 테고.

삶은
누구에게나 무겁다

포항에서 사업을 하는 친구를 만났다. 친구 회사의 멋진 사옥과 높은 총매출은 중견기업으로 성장했음을 보여준다. 남부러울 것 없어 보이는 친구는 평소와 다름없이 자상하고 쾌활했다. 새로 증축한 공장과 설비를 보여주는 모습도 자신감에 차 있었다. 친구는 직원들을 위한 복지시설에 미술품을 전시한다. 전문 트레이너를 상주시킨 헬스장 시설은 유명 호텔의 그것보다 훌륭하다. 나누며 더불어 사는 법을 몸소 실천하는 친구의 말은 공허하게 들리지 않았다.

오랜만에 밀린 이야기를 나누며 점심을 먹는 시간 역시 화기애애했다. 함께하는 동안 간간이 걸려오는 전화는 친구의 위상을 짐작케 했다. 지시와 확인, 때론 억양을 높이며 현안을 해결하는 모습에서 팽팽한 긴장이 느껴졌다. 갑자기 전화를 받던 친구가 자리에서 일어났다. 중요한 사안이 걸린 모양이었다. 친구의 표정이 굳으

며 조근조근 말하던 목소리의 톤이 높아졌다. 뭔가 심상치 않은 일이 터진 것이 분명했다. 애써 평상심을 찾으려던 친구의 얼굴이 점차 일그러졌다. 설득과 반발이 이어졌다.

나와 눈이 마주치자 친구가 슬그머니 얼굴을 돌렸다. 걸음을 옮겨 유리벽에 기댄 손이 흔들렸다. "안 돼!" 외마디 탄식을 뱉으며 그는 주먹으로 단단한 유리벽을 내리쳤다. 피 말리는 사안은 최악의 결과로 판가름 난 듯했다. 지켜보는 내 심정이 외려 더 초조하고 안타까웠다.

그 순간 그의 곁에 무심히 서 있는 조각상에 시선이 갔다. 현실의 어려움에 부딪친 친구와 이상의 조각상이 만드는 아이러니컬한 상황이 강렬했다. 나는 반사적으로 카메라를 꺼내 들었다. 친구의 아픔을 사진거리로 보는 순간, 우리의 관계는 당사자와 관찰자의 입장으로 바뀌었다. 우연한 해프닝은 친구와 내가 사는 방식을 선명하게 압축해주었다.

CEO에게는 아무도 대신하지 못하는 결정의 순간이 매일 반복된다. 친구의 부드러운 카리스마 속에 감추어졌을 차갑고 날카로운 판단력은 변하지 않았을 터이다. 뛰어난 능력으로 지켜온 자리와 역할에 익숙해졌을지 모른다. 하지만 결정의 순간은 늘 어렵고 침묵 속엔 무수한 갈등이 묻혀 있다. 세상이 만만하다면 고민도 필요 없다.

그가 회사 안에서 보내는 시간의 대부분은 이렇게 메워질지 모른다. 작업 공간 집기의 배치와 색깔 같은 사소한 사안에서 직원들의 생계를 좌우하는 묵직한 일들까지. 주위의 조언이나 무수한 자료들이 CEO의 책임을 나누진 못한다. 단호해 보이는 결단 뒤에 어떤 나약함과 기대가 흔들리고 있는지는 아무도 모른다. 돌아보면 아무도 없는 곳이 사장실이다. 외로운 결단의 순간은 누구도 익숙해질 수 없을 것이다.

경험과 의지만으로 혼돈을 잠재우긴 어렵다. 막막한 어둠 속을 홀로 헤쳐 가는 외로운 사나이가 바로 곁에 서 있었다. 도피의 출구도 없다. 앞으로 나아가지 못하면 주저앉고 마는 냉혹한 현실의 끝이 친구의 자리다. 그날 친구의 뒷모습은 너무 쓸쓸해 보였다

친구는 나와 다른 별종이거나 별세계의 인간이 아니다. 내게 필요한 돈이 십만, 백만 원 단위라면 친구가 다루는 규모는 억대였을 뿐이다. 기업가와 작가란 역할과 신분이 다를 뿐, 품고 있는 고민과 불안은 다르지 않다. 치열하게 오늘을 살아내야 하는 현실의 인간으로서 평소 시큰둥했던 친구와 동지애를 느꼈다. 물론 현실적 고뇌와 스트레스를 양으로 치면 나보다 수십 배는 더 클 것이다. 친구

의 고독과 절망의 크기 또한 별로 다르지 않다. 평소 만나면 미친 듯 술을 들이키던 그의 속내를 이제는 알겠다. 취하지 못하면 털어내기 어려운 고독은 수렁처럼 깊었을 게다.

평소 내 처지와 다른 친구의 여유와 힘을 과대평가했다. 수백 명 식솔들의 밥을 책임진 부담과 고독은 과소평가하면서. 친구의 권능은 생각보다 작았고 감당해야 할 일들은 훨씬 더 컸다. 큰 집과 좋은 차에 가린 그의 속사정은 유리잔처럼 깨지기 쉬웠다. 친구의 하소연을 건성으로 지나쳤던 난 나쁜 놈이다. 그때 못해준 말을 지금에야 전한다.

"친구야! 우선 만사 제쳐놓고 사흘만 비워라. 휴대폰도 인터넷도 안 되는 곳, 멋진 산과 강만 보이는 연천의 매운탕 집으로 데려갈 테니. 스케줄도 모두 정지시키고 할 일 없이 그냥 놀면 돼. 내 시간도 모두 비울 테니 걱정 말고. 너 혼자선 도저히 못 할 일이라 내가 같이 가는 거야. 처음엔 아무것도 하지 않고 가만히 있는 게 외려 불안할 걸. 시간이 지나면 차츰 적응될 거야. 이틀은 아쉽고 반드시 사흘 정도는 아무 일 없이 머리를 비우는 게 필요해. 바쁘게 사느라 수고한 자신에게 내리는 선물이라 여기면 돼. 스스로 온전한 사흘의 여유도 갖지 못한 점은 반성해야 한다. 사장 노릇하느라 잔뜩 굳은 어깨 힘도 빼야 편안해지지. 그리고 허심탄회하게 이야기를 해보자. 회사와 국가, 국제 정세는 잘하는 사람들에게 맡기고 자잘한 관심과 우리만 아는 비밀로 채우면 돼. 킬킬

거리며 웃고 울면 어떤가. 목마르면 술 마시고 심심하면 낮잠 자고 배고프면 밥 먹고. 할 일은 그것뿐이야. 친구 얘기 끝까지 들어줄 사람 나 말고 또 누가 있겠어?"

가능한 꿈, 자신만의 꿈을 가져라

세상의 경계란 눈에 보이지 않는다. 국경선은 지도에만 있을 뿐 실제 땅에는 선이 없다. 선으로 구획시킨 경계는 편의상 만들었다. 경계의 지점에는 정작 그어진 선이 없다. 선은 가상의 장벽일 뿐이다. 이쪽과 저쪽을 나누는 구분은 실용의 관점에서만 필요하다.

보이지 않는 선으로 그어놓은 경계는 한계로 작용한다. 넘으려면 복잡한 절차와 과정이 따른다. 경계는 딱딱할수록 사람들을 다스리기에 편한 통치 메커니즘이 된다. 억압의 힘은 경계 안에서 더 크게 활개를 친다. 경계가 무너지면 억압도 힘을 잃는다. 우리는 이미 만들어진 경계의 억압을 의심하지 못한다. 교육의 효과이기도 하고 편승의 이점 때문이기도 하다. 정해진 테두리 안에서 앞만 보고 산다면 고민할 일도 별로 없다. 무모한 도전을 하는 대신 경계 안에서 운신하면 편하다. 스스로 고민하지 않아도 누군가 만들어놓은 규칙과 방법을 따르기만 하면 되니까. 우리는 투덜대면서도 체제에 순응하고 자유와 바꾼 안락함을 위안으로 삼는다. 셈 빠르고 포장 잘하는 처세는 부러움을 사게 된 지 오래다.

그에 반해 경계를 벗어나 사는 일은 어렵고 힘들다. 모든 것을 스스로 해결해야 하는 무정형의 삶이 편할 리 없다. 좌충우돌, 일희일비의 위태로운 나날이 이어진다. 기댈 수 있는 틀이 없으니 변명의 여지도 없다. 그러나 제멋대로 휘두르는 분방함과 역동성은 매력적이다.

두 가지 길 가운데 어느 쪽이 잘 사는 방법일까. 미래를 확신할 수 있다면 둘 다 문제 될 게 없다. 미래는 누구도 알 수 없기에 선택의 고민은 반복된다. 세상에 나아간 소년들은 누구나 이런 고민을 거쳤을 것이다. 전자는 출발과 과정이 순탄하다. 다만 경계를 한계로 받아들이는 관성에서 벗어나기가 어렵다. 변화를 쉽게 받아들이지 못한다. 세월이 흐를수록 나약해지고 마지막에 도달하는 지점도 비슷해진다. 후자는 스스로 경계를 지워나간다. 원래 그어진 선이 없으므로 제약도 없다. 꿈은 하고 싶은 일이다. 애당초 합리와 친하지 못하다. 엉뚱하며 비현실적인 행동과 시도가 반복된다. 반듯하게 사는 모양은 보여주지 못한다. 혼돈과 불편을 괴로워할지언정 포기하진 않는다. 스스로의 결정을 확신하는 배짱 때문이다. 시간이 지날수록 꿈의 힘은 질기고 강인해진다.

스스로를 위해 꾸는 꿈이 소년들의 진정한 보험이다. 지금 자신이 서 있는 땅을 하늘로 날기 위한 발판으로 여기는 무경계의 인간은 매력적이다. 하늘을 날아보면 땅 위의 존재들이 작게 느껴진다. 하늘 위의 삶은 드넓다. 대기권을 넘으면 성층권이 있다. 성층권을 넘어야 우주가 펼쳐진다. 꿈과 함께한 시간은 경계의 선을 긋지 않는다. 자유 의지를 실천하는 과정을 조급해하지 말고 질러가려 하지 말자. 누구도 대신하지 못할 자신만의 역량은 그런 과정을 통해 만들어진다.

물론 대단한 출세와 영광을 누리는 삶도 의미가 있다. 다만 누구나 그런 영예를 성취하진 못한다. 지나치게 커서 제 형태를 알아보기 어려운 목표는 대부분 상처만 남긴다. 실현 가능한 꿈이 가장 아름답다. 자신만의 꿈을 키워야 제 것이 된다. 지금 가장 하고 싶은 일에 몰입하는 것. 그것이 바로 꿈을 이루는 길이다. 아름다운 삶이란 꿈을 잃지 않아야 유지된다. 포기하는 순간 우리의 시간은 참담한 허무로 마감된다. 가능한 꿈, 나만의 꿈을 포기하지 말아야 하는 이유다. 우리는 여전히 꿈을 이루고 싶은 소년들이므로.

4

행복해지고 싶다면

갓
태어날 때와
같은
마음으로

학교 수업을 마치고 집으로 돌아가는 초등학생을 보면 표정은 밝고 걸음도 빠르다. 등굣길의 얼굴과 자못 대조적이다. 의무의 무게를 덜어낸 홀가분함 때문이다. 이를 소재로 광고를 만든 한 CF 감독의 예리함에 감탄했다. 이렇듯 인간 본성의 단면을 묘사하면 누구나 공감할 만한 내용이 된다. 포구로 돌아가는 배의 속도도 빠르다. 잡은 고기를 속히 내려놓아야 하기 때문이다. 선원들은 지루한 기다림과 풍랑을 버티며 얻은 고기를 밥으로 바꾼다. 배를 당기는 구심력은 돌아갈 집과 가족이다. 잡은 만큼 비워야 배는 다시 항구를 떠날 수 있다.

지하철에서 어깨를 부딪쳐도 미안한 기색 없는 사람들, 갓길로 끼어드는 얌체 운전자. 익숙해질 법도 한데 일상의 부대낌은 여전히 분노를 낳는다. 툭하면 터지는 뒤숭숭한 사건, 사고와 일관성 없는 국가 시책의 공포는 어떤가. 북한 핵문제와 지구 온난화의 폐해 같은 국제적 이슈도 벽에 튀어나온 못처럼 일상에 요철을 만든다. 온갖 걱정과 근심은 끊임없이 이어지고 해결될 조짐은 보이지 않는다. 불안정한 현재, 부풀려진 미래의 위험은 불안과 공포를 먹으며 몸집을 키운다. 세상은 우리가 하루도 마음 편하게 살도록 내버려두지 않는다.

인간의 본성은 어깨를 짓누르는 온갖 고통의 무게와 늘 불화한다. '고통은 피할 수 없으니 즐겨야 하고, 즐길 수 없으니 피해야 한다'는 말은 곧 답이 없는 무한 반복이란 뜻이다. 인간 본성을 잘 구슬려 쓸데없는 걱정과 불안이 가벼워진다면 마다할 이유가 없다. 짊어진 고통의 무게는 줄이고 정신과 근육의 힘을 키워야 기대를 품을 수 있다. 즐거움은 괴로움을 덜어내고 남은 몫이다. 스스로 쌓은 괴로움이 아니라면 잠시 잊고 사는 것도 도움이 된다.

본성을 뜻하는 라틴어 '나투라(Natura)'는 '나시(Nasci: 태어나다)'에서 파생된 단어다. 갓 태어난 상태로 돌아가는 것이 본성을 회복하는 방법이라고 학자들은 말한다. 본성을 거스르지 않는 태도가 즐거움을 키우고 행복과 직결된다는 연구 사례는 많다. 복잡한 사안의 단순화가 결국 본성 회복의 지름길이란 얘기다.

남미의 아마존 밀림에 사는 원시부족의 언어는 매우 단순하다. 우리네처럼 붉은색을 세세하게 분별하는 단어들은 없다. 대신 핏빛으로 통칭되는 직감의 표현이 전체를 아우른다. 표현의 단순성을 원시라 규정하는 잣대는 정확할지 모르지만 옳지는 못하다. 이들은 전혀 불편을 느끼지 않을뿐더러 의미가 혼용되는 경우도 없다. 다양한 명사 대신 동사의 활용을 극대화시킨 압축성도 이들 언어의 특징이다. 배고프다, 한다, 간다, 온다 등의 동사만으로도 실생활에서 의사소통하는 데 무리가 없다.

복잡한 수사 대신 상태의 표현이 전부인 언어, 그 원시성을 통하면 본성은 솔직하고 함축적으로 표출된다. 복잡하지 않고 의미의 혼선도 없으며 복선을 깔 이유도 없다. 언어의 미분화가 이루어지지 않았어도 그 부족의 행복지수는 매우 높다. 최소한의 욕망과 표현으로 생활을 꾸려가는 인간의 삶은 의외로 풍요롭다. '나투라'의 상태를 행동으로 옮겨 행복을 유지하는 진보된 인간들이랄까. 원시와 미개는 같지 않다.

더 많이 알수록, 더 많은 것을 가질수록 불안과 공포도 커진다. 뭐든 넘치면 간수해야 한다는 강박 때문에 스트레스가 생긴다. 바탕이 드러날 만큼 단순화시켜 의식을 가볍게 해보자. 원시 부족에게 배우는 신선한 반전의 행복 실천법이다.

운치와 품격, 생활의 친구들

내 조카들은 가수 비의 공연을 보면 까무러친다. 아들 녀석은 영화 〈아바타〉의 감독 제임스 카메론에 열광한다. 나도 누군가의 열성팬이 되어 공연장에서 함께 소리치고 밤을 새우며 영화를 볼 의향이 있다. 하지만 그들은 아저씨의 남우세스러운 호들갑을 반기지 않을 듯하다.

내게도 좋아하는 스타가 있었다. 전설의 소프라노 마리아 칼라스와 바이올리니스트 기돈 크레머가 그 주인공이다. 칼라스에 한창 빠져 있었을 때는 열심히 LP를 모아 그녀의 귀기 서린 노래를 듣고 또 들었다. 지구 반 바퀴를 돌아 피렌체에서 연주하는 노장 크레머를 만나러 가기도 했다. 이제 그들은 내 스타 목록에서 순위가 밀렸다. 관심의 강도가 줄어든 탓이다. 지금 내 목록의 첫 번째 자리를 차지한 이는 바로 목수 신영훈이다. 많은 사람들을 열광시킨 적 없는 그만의 빛나는 성과에 진심으로 반했다. 그의 손길이 닿은

것들을 보면서 운치와 품격 같은 생활의 친구들을 주섬주섬 챙기게 된다. 행복한 자극이다. 그에게 감사의 편지를 보내야 한다.

"저는 종종 경복궁 주변을 서성거리고 진천 보탑사를 찾습니다. 선생님의 손길과 업적을 되새겨보는 의식입니다. 앞으로만 뛰어가면 된다는 시대의 집단최면을 수정하고 싶으셨지요? 뒤를 돌아보고 좌우도 짚어가며 오늘을 돌아보자는 선생님의 희망은 공허하지 않습니다. 말과 행동이 일치하는 모습을 알아보고 열광하는 사람들이 꽤 늘어난 까닭입니다.

기억 못하시겠지만 저는 오래전 선생님을 딱 한 번 뵌 적이 있습니다. 일본 나라현에 있는 법륭사의 5층탑 앞이었지요. 함께한 답사여행의 본전을 뽑으려는 사람들이 던진 질문과 부탁을 다 받아주시더군요. 저도 그 중 하나였습니다. 선생님은 느릿한 말투로 우리 건축이 원형임을 설명해주셨고 목탑의 복원 의지를 다지셨습니다. 그 덕에 저도 가끔 경주 황룡사 9층 목탑을 상상으로 조립해보곤 합니다. 주춧돌 위에 나무 기둥만을 세워 높이가 80여 미터에 달하는 거대한 건물을 세웠다지요. 현대의 건축법으로도 쉽지 않은 불가사의한 목탑은 지금 생각해봐도 가슴이 뿌듯합니다.

1400여 년 전, 이 나라 사람들의 스케일과 재주는 웅대했습니다. 선생님은 직접 그 시대의 영화를 재현하고 싶으셨을 겁니다. 어설프게 넘쳐 외려 빈약한 이 나라의 안목이 문제겠지요. 일개 목수의 기개를 따라오지 못하는 정치인들의 행태를 바라보는 선생님의 심정을 전 알 것 같습니다. 질타와 비웃음으로 돌아서는 이였다면 선생님은 저의 별이 되지 못했을 겁니다. 제게 선생님은 꿈을 현실로 바꾼 영웅입니다.

드디어 선생님께서 목탑을 짓는다는 소식을 들었습니다. 제가 누구보다 기뻐한 것을 전해드리고 싶습니다. 황룡사 9층 목탑이 몽골의 침입으로 소실된 후 어언 800년이 흘렀습니다. 선생님은 목탑 재건을 위해 준비한 지식을 풀고 장인들을 끌어 모아 사고를 치셨더군요. 핏기 없는 과거를 복원하자는 것이 아니라는 말씀에 '역시 신영훈!'을 연발했습니다.

목탑을 짓는 4년 내내 궁금증을 참을 수 없었습니다. 관찰자가 되어 수시로 현장 상황을 체크하고 형태가 갖추어지는 과정을 지켜보았지요. 아무도 가라고 시키지 않았지만, 진천에 가는 일은 즐거운 놀이처럼 신났습니다. 톱으로 나무를 켜고 자귀로 다듬던 일꾼들의 신명나는 콧노래가 기억납니다. 그 큰 건물을 못 하나 쓰지 않고 지으셨더군요. 가리고 따지기 좋아하는 현대 건축의 이론대로라면 곧 넘어져야 마땅합니다. 이 땅의 건물들이 수백 년을 버텨온 이유를 잘 아는 선생님의 확신이 없었다면 불가능했겠지요. 이미 완성을 경험했던 우리 문화가 가진 저력의 승리이기도 합니다.

놀라운 일은 목탑이 외형의 복원에 그치지 않았다는 점입니다. 내부 공간은 모든 사람들을 위한 안식의 장소로 꾸며져 있더군요. 높게 터진 3층 건물 안쪽은 하늘과 만나며 오늘을 살려는 사람들의 바람을 표현한 듯합니다. 부처의 원력으로 세상과 공존하려던 신라 사람들의 소망처럼 말이지요. 각 방을 찾아 앉아보고 걸어보며 우리 건축의 기품과 격조를 확인했습니다. 인간을 위한 건축은 온기와 향기를 풍겨야 합니다. 과거에 얽매여 생명을 잃은 전통과 형식을 고집하지 않은 선생님의 생각은 옳았습니다.

선생님 덕분에 우리 건축에 대한 관심이 높아졌습니다. 요즘 저는 전국에 흩어진 고옥들을 찾아보며 기둥과 서까래, 추녀의 선을 오래도록 바라보곤 합니다. 일본과 중국의 고건축물들도 살펴보았습니다. 비교를 통해 생각이 다른 사람들의 존재 방식과 세상을 보는 눈의 차이를 실감했습니다. 우리 건물의 아름다움에 자부심을 갖게 됐습니다. 최근 안동 하회마을과 경주 양동마을이 세계문화유산으로 지정되었지요. 반가운 소식입니다. 예전부터 외국 친구들이 오면 데리고 가 한옥의 정취를 느껴보게 했던 곳들입니다.

전국 곳곳에 자그마한 살림집도 지으신다고 들었습니다. 양평에 지으셨다는 귀틀집과 강화도의 학사재도 찾아가볼 요량입니다. 자연과 조화를 이룬 멋진 한옥이 기다리고 있겠지요. 사람이 사는 집의 기능과 운치는 선생님의 품격 높은 안목으로 제자리를 찾았을 겁니다. 기회가 되면 제 집도 한 채 지어주십시오. 선생님께 드리는 두 번째 귀찮은 부탁입니다."

식탁에 깔린
하얀 테이블보

유럽의 여러 나라는 당연하고, 파키스탄이나 네팔 같은 가난한 나라로 여행을 갔을 때 자주 보았던 풍경이 있다. 카페나 레스토랑의 테이블에 하얀 테이블보를 씌운 모습이다. 고급 레스토랑에만 해당하는 얘기가 아니다. 우리나라의 여느 식당과 다르지 않은 소박한 곳에서도 얼마든지 볼 수 있다. 하얀 테이블보를 깐 식탁은 식사라는 행위를 존중하는 첫 번째 배려다. 한 끼의 식사를 먹고 한 잔의 차를 마시는 일은 단순히 허기를 채우기 위함이 아니다. 먹는다는 행위는 생명을 살리는 의식이다. 동시에 미각을 만족시키며 삶의 기쁨을 맛보려는 본능의 욕구이기도 하다. 먹는 과정을 여유롭게 즐기는 것을 호사의 범주에 가두려 해선 안 된다.

레스토랑에서 매번 테이블보를 새로 까는 번거로움과 비용은 만만하지 않을 것이다. 이를 당연하게 여겨야 문화가 된다. 고객을 배려하는 기본 준비는 하얀 테이블보를 까는 일로 시작된다. 하얀 테이블보 위에 놓인 식기와 장식물은 음식을 단순한 끼니의 수단으로 여기지 않음을 보여준다. 먹는 일이 소중하지 않다면 음식을 놓는 상까지 신경 쓰지 못한다.

테이블보 위에 자리를 잡은 음식은 정갈하고 더 맛있게 느껴진다. 먹는 사람들도 어쩐지 좀 더 기품 있어 보인다. 테이블보 한 장으로 반복되는 일상은 특별한 순간으로 바뀐다. 이런 모습을 보통 사람들의 일상에서 마주칠 때마다 먹는다는 의미를 다시 한 번 생각해 본다. 음식과 음식을 즐기는 것은 얼마나 소중한가. 살기 위해 매일 먹어야 하는 행위를 소홀히 하지 않는 아름다움은 얼마나 여유로운가.

야외 파티장의 하얀 테이블보 위에 노란 꽃 한 송이가 놓여 있었다. 꽃이 시들지 않도록 물도 충분했다. 그릇의 배치만으로 테이블은 화폭 속의 그림 같다. 흰 여백은 상상력을 발동시킨다. 그릇의 간격과 크기만으로 변화는 얼마든지 가능하다. 거기에 음식의 색깔이 더해지면 회화성이 완결된다. 상상을 펼칠 판이 있어야 구상은 비로소 실체를 갖춘다. 그림으로 바뀐 음식은 오감을 충족시킨다. 기품 있는 한 끼의 식사가 삶의 격을 높인다. 하얀 테이블보 위에 놓

인 음식을 먹으며 나누는 대화는 꼬리에 꼬리를 문다. 자잘한 강아지 이야기부터 철학적 사유까지 번진다. 먹는 일은 생각하는 시간을 늘리는 좋은 방법이다. 유럽 사람들의 식사 시간이 왜 그렇게 긴지 알 것 같다. 느릿함으로 고이는 여유는 낭비라 부르지 못한다.

우리는 먹는 일마저 빨리 빨리를 외친다. 공급은 필요를 따라가게 마련이다. 닭 모이마냥 한꺼번에 털어 넣는 음식을 위해 테이블보를 깔아줄 식당 주인은 없다. 그렇게 서둘러 밥을 먹어 절약한 시간을 어디에 쓰는지 새삼 궁금하다.

하루 한 끼만이라도 여유를 지닌 밥 먹기가 필요하다. 턱없는 사치를 부리자는 게 아니다. 습관으로 굳어버린 궁상을 털어내면 되는 일이다. 같은 돈 내고 더 쾌적하고 즐거운 식당을 찾아내는 노력도 해볼 만하다. 요구가 많아지면 주인도 테이블보를 깔 생각을 할지 모른다.

음식을 대하는 태도에 격식이 갖춰지지 않는다면 음식이 아무리 훌륭해도 저급한 취급을 면할 수가 없다. 음식을 사랑한다면 즐기는 방법도 세련을 갖추어야 완결이다. 정갈한 개다리소반도 좋고 테이블보가 깔린 식탁도 좋다. 멋지게 한 상 차려놓고 음식을 즐기는 여유는 모두가 누려야 할 기쁨이다. 여유를 갖고 세상을 돌아보면 현상의 이면이 보인다. 물질이란 더 나은 가치를 위해 쓰일 때 제 힘을 발휘한다.

음식보다 더 인상적인 테이블 세팅에 마음이 동해 사진부터 찍었다. 물끄러미 이를 바라보던 독일 아가씨가 미소를 보내왔다. 그녀가 웃은 이유가 사진을 찍는 행위 때문인지 동양의 이방인 때문인지는 모르겠다. 하얀 테이블보가 연신 눈에 들어왔던 그날, 맛있다는 도르트문트 맥주만 연거푸 들이켰던 뉘른베르크의 오후의 기억이다.

스스로 타오른 불이 멋지다

나이를 먹어도 불놀이는 여전히 재미있다. 나와 시간을 함께했던 사람들도 제일 인상 깊었던 순간을 말할 때는 늘 불놀이를 꼽는다. 열아홉 꽃다운 시절 마누라를 꼬인 계기도 추운 날 빈 논에 지핀 불의 열기였다. 숱하게 불놀이를 해온 덕에 터득한 불 때는 기술은 빗속에서도 불을 붙이는 수준으로 발전했다. 얼마 전에는 몽골의 비 내리는 초원에서 모닥불을 피워 일행들의 감탄을 자아내기도 했다.

불을 지피는 행위는 생존하고자 하는 동물적 본능과 닿아 있다. 불의 따스함을 거부할 사람은 없다. 너울대는 불꽃과 번지는 온기는 몸과 마음을 함께 녹인다. 불 곁에 앉아도 누그러지지 않는 감정이 있다면 수용체계를 점검해볼 일이다.

불을 깨치며 인간은 문명화됐다. 불 곁에 모여 먹고 살며 나눈 말과 행동이 필경 뭔가를 만들어냈을 것이다. 개화된 지금도 인간들이 모닥불 옆에서 하는 짓은 원시의 그것과 다를 게 없다. 타오르는 불 곁에 서면 불이 바로 인간 문명의 근원이란 사실을 수긍하게 된다. 불빛은 외부의 자극을 차단시켜 사람들을 집중하게 만든다. 종교 의례에서 불은 인간과 신성을 연결시키는 매개물이다. 성당이나 법당의 제단에 촛불은 빠지지 않는다. 티베트의 라마교 사원에는 수많은 야크 호롱불이 켜져 있으며, 인도의 힌두교 사원에도 불은 필수 제물이다. 어딜 가나 생명을 상징하는 불꽃은 친근하다.

맨땅에서 지피는 자연의 불은 얼마나 매력적인가. 하지만 도시 생활에서 불을 직접 느끼기는 힘들다. 원시의 습속은 우리의 본능에 새겨져 있다. 나는 길을 가다가 불이 타오르는 장면을 보면 꼭 멈춘다. 사진이라도 찍고 가야 직성이 풀린다. 해충을 없애고 재를 비료로 쓰기 위해 논에 불을 놓는 농부에게 다가가서 말을 붙여본다. 짚과 풀이 타는 연기 냄새와 일렁이며 타오르는 불꽃을 매개로 이야기는 풍성하게 피어난다.

농부에게 불은 노동이며 기대다. 남은 빈 땅을 다 태우려면 더 많은 땀이 필요하다. 비료로 변한 재는 수확의 기쁨을 약속한다. 불은 질료를 태워 근원으로 되돌린다. 재는 산 것의 형체를 압축시킨 원소다. 탄소 성분으로 환원된 마른 짚은 다시 제 몸을 키우는 양분으로 바뀐다.

오묘한 순환의 고리는 눈으로 확인할 수 없다. 풀과 곡식, 나무와 과일은 보이지 않는 형태의 변환을 통해 우리 곁으로 온다. 순환하는 에너지의 통로는 불이다. 출발의 원점에 선 탄소는 변신의 기대로 가득 차 있다. 물과 햇빛은 수만 가지 형태로 곡식과 풀들을 살려낼 것이다. 불이 지나간 논바닥은 시커멓다. 불에 타 없어진 등걸은 제 몸을 태워 생명을 비축하고 숭고하게 사라진다. 땅 속에 스며든 탄소는 물에 녹아 새 출발을 준비한다. 그리스 철학자 헤라클레이토스는 불이 만물의 근원이라 믿었다.

"불은 정해진 대로 타고 꺼진다. 영원한 불은 이전에도 있었으며 앞으로도 있을 것이다. 만물은 불에 의해 생기며 불도 만물로 인해 생긴다."

출발과 과정, 그리고 결과를 관장하는 불의 영원성은 누구도 의심하지 않는다.

마음속에 꿈틀대는 불덩이 하나쯤 품고 있지 않은 이는 없다. 불꽃은 꾹꾹 눌러 잠재우지 말고 끄집어내야 활활 타오른다. 타올라야 순환을 준비할 수 있다. 한껏 불꽃을 태우고 난 뒤에 남은 재는 새로운 변화를 위한 자양분이 된다. 말은 필요없다. 불 지르는 방법이 여기에 있다. 불 지를 곳이 마땅하지 않다면, 혼자 하기가 어려우면, 친구를 불러라. 여의치 않다면 불 잘 놓는 사람을 고용해라. 이마저 멋쩍다면 남이 지른 불이라도 보라. 더 확실한 방법은 당장 불을 좋아하는 사람들의 모임을 만들면 된다. 컴퓨터 앞에 앉아 약간만 수고하면 사람 모으는 것은 일도 아니다. 불을 피울 때와 장소는 가리지 마라. 작심한 순간이 바로 불을 지필 시간이고, 서 있는 곳이 불판이다.

불꽃은 저절로 타오르는 법이 없다. 누군가 와서 가슴 속에 품고만 있던 불을 알아서 질러주는 일은 더더욱 없다. 아직도 백마 탄 왕자를 기다리거나 잠자는 숲 속의 공주를 깨우고 싶다면 잠든 눈은 뜨지 마라. 직접 불을 지르는 쾌감은 질러보지 않으면 모른다.

시간 앞에선
경건하기

"서른 넘은 이들은 모두 죽어버려라!"

1990년대 초 신드롬을 일으켰던 록밴드 너바나의 커트 코베인이 뱉은 독설이다. 그가 저런 험한 말을 한 이유라도 알아야 서른을 넘긴 사람들 마음이 편하다. 커트 코베인은 미국 시애틀에서 베이비 붐 세대로 태어났다. 부모의 이혼으로 일곱 살부터 친척들 사이를 전전하며 천덕꾸러기 신세로 자랐다. 불우한 성장기는 그의 성격과 음악을 지배하는 중요한 인자를 제공한다.

밑바닥 생활을 전전하며 삐딱선을 타던 그의 유일한 즐거움은 음악이었다. 마침내 어렵게 밴드를 조직한 그는 록 음악에 심취하게 된다. 언더그라운드 밴드로 전전하던 너바나는 90년대 초 갑작스런 대박을 터뜨린다. 하지만 그들에게 상업적 성공은 당황스러웠다. 분노와 저항의 음악인 록의 정신을 위배하는 상업성은 너바

NIRVANA
NEVERMIND

나의 본령과 거리가 멀었던 탓이다. 커트 코베인은 혼돈과 방황을 마약으로 버텨냈다.

그들의 음악은 '얼터너티브 록' 혹은 '시애틀 그런지 사운드' 등으로 분류된다. 비주류 음악의 통칭으로 이해해도 별 무리가 없다. 지금 홍대 앞 클럽에서 활동하는 인디음악 밴드의 원조격이라 치자. 너바나는 자신들의 음악에 기성의 권위와 가치를 뒤엎는 쾌감과 울분을 담으려 했다. 그런데 결코 고분고분하지 않은 너바나의 음악이 대중적으로 큰 인기를 끌었고, 이에 멤버들은 당혹감을 느꼈다.

깊이 생각하지 않아도 커트 코베인의 고민을 알 것도 같다. 말과 행동이 일치하지 않는 모순은 날이 갈수록 간극을 넓혀갔다. 4장의 정규앨범과 몇 개의 히트곡은 연일 너바나의 성공을 알려왔다. 미국 전역과 유럽을 돌며 라이브 공연을 펼치는 세속적 성공의 이면에서 괴롭고 착잡하기만 했다. 게다가 결혼을 하고 아이를 낳으면서 커트 코베인은 자신이 경멸하던 아버지가 됐다. 마약에 대한 의존은 더욱 심각해졌다. 그의 절규는 잘나가는 매끈한 음악을 깨버리기 위한 마지막 몸부림이었다. 상승과 추락의 욕망은 공존한다. 의지를 놓아버리는 순간 잔인한 중력은 모든 것을 빨아들인다.

서른을 채 채우지 못한 스물여덟에 커트 코베인은 집에서 권총자살로 생을 마감했다. 남겨진 유서에는 선배 가수 닐 영의 노래 구절이 적혀 있었다.

"희미하게 사그라지는 것보다 한 방에 불타 없어지는 게 낫다 It's better burn out than to fade away."

그의 시신은 여러 의혹만 남긴 채 서둘러 화장됐다. 여전히 그의 죽음을 둘러싼 의혹과 신화가 만들어지는 이유다. 그의 죽음은 전후 세대의 시작과 몰락을 상징하는 아이콘이 된 지 오래다. 그가 살았던 시애틀의 집 앞엔 '커트 코베인의 벤치'가 있다. 팬들은 그의 무덤 대신 벤치를 찾아 여전히 추모의 글과 선물을 남긴다. 팬들이 남긴 글 가운데 이런 내용이 있다.

"커트 당신은 우리가 살고 있는 세상을 뒤흔들었어 Kurt you rocked our World."

"하늘이 내린 재주는 내 기분을 행복하게 해주지 우리 이 작은 그룹은 항상 그랬고 끝까지 그럴 거야 그건 아주 어렵다는 걸 알았지만 사실 알기도 쉽진 않아 어떻든 그것이 무엇이든 신경 쓰지 마 우스운 난동은 전염병처럼 우리들 사이로 번져 자 어서 우릴 즐겁게 해봐 우린 거부해 무엇이건 우린 거절이야 타협은 없어!"

너바나의 대표곡, 'Smells Like Teen Spirit'의 가사 중 일부다. 길길이 뛰며 악쓰던 청춘은 스스로 짧은 생을 마감했다. 그 역시 어느새 서른을 맞게 된 충격과 모순까지 감당하진 못했다. 하긴 저항의 주체가 타도의 대상으로 바뀐 아이러니를 어떻게 수긍할 수 있을까. 그의 죽음은 젊은 천재의 광기 혹은 무모함 탓이라 불러도 좋다. 이 정도로 순도 높고 까칠한 젊음이 세상에 존재했던 신화는 축복이다.

커트 코베인은 죽었지만, 너바나의 음악은 살아남았다. 여전한 저항의 목소리로 청년의 향기와 분노를 터뜨리고 있는 중이다. 나는 너바나의 명반 〈NEVER MIND〉를 포함해 몇 장의 CD를 갖고 있다. 나이로 보아 한 번 반은 죽었어야 할 나도 그의 팬이다. 분노와 저항이 없는 젊음은 건강하지 못하다. 절규하듯 노래하는 커트 코베인의 음성은 시대정신의 몸부림이며 칼칼한 표상이다. 홍대 앞의 젊은 인디밴드 공연장에 가면 종종 시간을 뛰어넘어 커트 코베인의 분노와 교감하는 느낌이 들 때도 있다.

세상은 수많은 사람들의 시선으로 각자 다르게 메워져야 다채로워진다. 별의별 짓을 다 벌여도 용인되는 젊음의 용틀임은 소중하다. 저항의 몸짓은 단호하고 분노의 대상은 명확해야 힘이 실린다. 쉽게 길들여지지 않는 야성과 순화를 거부하는 개성이 곧 젊음의 자산이다. 서른 살은 누구에게나 찾아온다. 문제는 아무런 표출도 하지 못한 채 서른을 맞이하는 비참함이다. 너무 단단해 부러진 인간을 굳이 롤 모델로 삼을 필요는 없다. 선택의 스펙트럼은 넓다. 해놓은 것도 없이 덜컥 맞은 서른, 마흔, 쉰, 예순이 문제다. 시간을 헛되게 보내지 않았다는 증거와 치열하게 벼린 자신만의 무기가 있다면 각자의 서른 살은 두렵지 않다.

즐거운 삶을 위한 자양분

홍대 앞 피카소 거리는 볼거리, 놀거리, 먹을거리로 가득하다. 서울을 대표하는 젊음의 공간은 활력과 자유분방함으로 꿈틀거린다. 어슬렁거리며 이 동네를 거닐어야 재미있는 것들이 보이고 느껴진다. 관심을 더 기울이면 수준 높은 공연과 콘서트가 열리는 현장에 가까워진다. 무대에 제한받지 않는 매력적인 거리예술을 만나기도 한다. 대중과 섞인 아티스트들의 열정은 겉치레를 벗어내 싱싱하다. 상업성을 떨쳐낸 예술행위는 무심히 지나가는 사람들에게 아름다움을 돌려준다.

자신의 존재 이유를 드러내는 재주를 지닌 인간은 축복이다. 세상에 통용될 흔적을 남길 가능성이 높은 까닭이다. 울산 대곡리 반구대의 암각화에는 사냥을 하는 신석기 시대 부족의 모습이 담겨 있다. 힘들게 돌을 쪼아댄 노력은 보지 않아도 안다. 할 일이 없어 새겨놓은 게 아님은 분명하다. 자신의 존재를 표현하고자 하는 욕

CREATE AN ART

구는 본능이다. 시간을 뛰어넘어 영속하고 싶다는 인간의 바람은 제아무리 시간이 흘러도 한결같다.

어느 날, 프랑스에서 온 행위예술가가 나무에 머리를 묶고 목발을 짚은 채 서 있는 모습을 보았다. 그 모습은 인간이면서 인간이 아니었다. 멀리서 보면 허수아비 인형 같았다. 와인색 드레스를 걸친 여자는 멀리 시선을 던지고 있었다. 머리채로 제 몸을 묶은 기괴한 모습은 섬뜩한 긴장을 안겼다. 나무만큼 키가 늘어난 인간은 결국 나무를 의지해 서 있는 중이다. 의존의 역설을 보여주려는 것일까. 묘한 대비의 연출은 재미있고 특이하며 새로웠다.

조심스레 다가가 옷을 만져보고 얼굴을 바라보며 사람임을 확인하는 이들도 있었다. 예술가가 갑자기 목발을 흔들자 놀란 한 여자는 움찔하더니 일행들과 큰 소리로 웃기 시작했다. 예술가의 행위에 경탄과 웃음이란 반응이 돌아왔다. 표정 없이 서 있던 예술가도 뒤늦게 미소로 화답했다. 마음껏 웃는 사람들은 마치 어린 아이들 같았다. 무엇이 그들을 파안대소하게 만들었을까. 놀라움, 낯섦 등이 얽히며 '왜'라는 의문이 떠올랐을 것이다. 물론 정답은 없다. 예술가의 행위는 각자의 해석으로 다르게 읽혀질 게 뻔하다. 행위예술가 역시 심오한 내용을 담고 있지 않았다. 일상 속에 비일상적 상황을 던져놓았을 뿐이다.

사람들은 의외의 순간과 공간에서 겪은 체험을 통해 상상을 한다. 예술이란 상상력을 교차시켜 더듬는 새로움의 발견이다. 새로운 것을 만들어내는 창조의 중압감에 모두 시달릴 필요는 없다. 만들어내지 못해도 좋다. 즐기고 소비하는 태도만으로도 예술의 태도 동참은 얼마든지 가능하다. 창조가 어려우면 창의적 삶도 대안이다. 남들과 다른 자기만의 내용물로 삶의 시간을 채워가는 노력이 필요하다. 익숙한 것을 비틀어보기, 순서의 역전, 뒤섞음, 관성에 의문 갖기, 덧붙이기, 빼기, 감탄과 감동의 기록 등등. 마음처럼 쉽게 되지 않을지도 모른다.

필요의 공감대를 넓혀야 창의적 삶도 가까워진다. 일상의 지루한 반복을 깨는 신선한 자극과 체험의 떨림이 더 많이 필요하다. 귀찮더라도 찾아가 만나고 보고 들으며 느끼는 동안 저릿한 충족감이 차곡차곡 쌓여간다. 예술을 즐기는 일은 삶의 규칙과 질서를 회복시키는 좋은 방법이다. 관심은 반복으로 익숙해지고 세련을 더해간다. 관심을 꾸준히 지속한다면 성장은 저절로 따라온다.

한참 동안 앉아 행위예술가를 지켜보는 재미가 쏠쏠했다. 오랜 시간 뻣뻣하게 서 있던 프랑스 여인의 고통은 제법 컸을 것이다. 먼 이국 사람들에게 웃음과 새로움을 던져준 정성이 고마웠다. 낯선 퍼포먼스를 통해 세상과 소통하려는 그녀의 깊은 뜻은 이미 많은 이들에게 접수됐다. 프랑스까지 가지 않고 그녀의 예술을 공짜로 본 기쁨을 더 많은 이들과 나누어 보답하련다.

꽃이 피니 찬란하고
바람 불어 신선하다

많은 사람들이 담양 소쇄원을 국내 최고의 명원으로 꼽는다. 소쇄원의 건물들은 자연을 거스르지 않으면서 조화롭게 배치되어 있다. 산은 건물을 품고 건물은 산을 거느리며 하나의 정원으로 묶인다. 자연과 인간은 다투지 않을 때 편안하다. 산과 집이 하나로 느껴질 만큼의 솜씨라면 명원의 자격이 있다. 계곡과 물을 끌어들여 마당으로 삼은 인간의 배짱은 산만큼 크다. 이곳은 축소된 이상향이다. 짓누르지 않아 가볍고 가두지 않아 자유로운 정원은 한없이 넉넉하다. 대숲에선 바람 소리가 들리고 마당 앞 개천에선 물소리가 난다.

누각의 마루에 앉아 보이는 풍경과 들리는 소리 이상의 기대는 욕심이다. 바쁘게 주위를 둘러보는 관광객의 시선 앞에 소쇄원은 다가와주지 않는다. 얕은 흙 담장의 높이는 애매하며 쇠락한 건물은 옹색하다. 바닥은 돌부리로 울퉁불퉁하고 돌계단은 치장하지

않아 투박하다. 꼼꼼하게 살펴봐도 위엄과 압도는 없다.

계절이 바뀔 때마다 소쇄원을 서너 번 이상 찾는다. 시간을 들여 지켜봐야 건물 사이의 질서가 조금씩 눈에 들어온다. 흔한 자연의 굴곡도 소쇄원의 건물에서 보면 특별한 그림을 만든다. 더도 말고 덜도 말고 적당한 거리의 유격으로 놓여진 자연과 집의 배치는 그 자체로 아름답다.

정자와 누각은 소쇄원의 핵심이다. 예전엔 높낮이가 다른 산 사면에 여덟 채의 정자를 세워놓았다. 인간의 건물은 바둑의 포석처럼 그 자리에 놓였다. 건물마다 크기와 형태, 용도가 각각 다르다. 한 인간이 몇 년을 바쳐가며 완결시킨 선택의 모습이다. 정자와 누각에서 보이는 조망은 각각의 의미와 상징을 담고 있다. 조금만 시선을 바꾸면 별개의 세계가 보인다. 한 치의 비틀어짐을 십 리의 거리 차이로 여긴 엄정함의 효과다.

소쇄원의 아름다움은 정교하고 치밀한 의식을 실현한 꿈의 정원이라는 것에 있다. 서 있는 자리의 조망이 펼쳐주는 상상은 시선의 유희에 머무르지 않는다. 온 산과 숲이 정원의 연장이다. 간절히 그리던 이상향의 모습을 보여주는 전망대에서 감탄하지 않는 이는 없다.

누각 마루에 앉아 빗소리, 눈 내리는 소리, 벌레 소리에 감응된다. 천천히 시선을 돌려 소박한 화단의 풀과 나무가 그림으로 보이면 감탄이다. 인간의 몸짓과 자연의 손길을 느꼈다면 비로소 감동이다. 소슬바람 부는 마루에 누워 꿈을 꾸었다면 행운이다.

소쇄원을 만든 양산보는 조선 중종 때의 선비다. 기묘사화(1519)에 연루된 스승 조광조의 몰락과 죽음에 충격을 받아 낙향했다. 그의 나이 겨우 열일곱 살 때다. 당쟁의 소용돌이 속에서 좌절한 어린 선비는 소쇄원을 짓고 자신만의 공간에 은둔했다. 은둔 거사의 삶은 비참하지 않았다. 소쇄원은 그의 학문과 수양을 위한 소우주였다. 고향 사람들에게 지식을 전수하고 교화하는 작은 실천도 멈추지 않았다.

멋진 정원은 당대 지식인들이 교류하는 장으로 쓰였다. 세상과의 단절을 아쉬워하는 데 그치지 않고, 자신을 다잡은 인간의 체취는 소쇄원 곳곳에서 느껴진다. 소쇄원 주변의 언덕과 골짜기 곳곳에 양산보의 숨결이 묻어 있지 않은 곳은 없다. 애착은 당연할지 모른다. 이곳은 양산보의 세계이고 이상향이니 말이다. 세속의 야망을 접은 한 인간의 꿈은 현실 밖 산속에서 실현됐다. 양산보는 소쇄원을 이렇게 노래했다.

"흐르는 물이 바위를 씻어 내리고 하나의 돌이 개울에 가득하네. 가운데는 잘 다듬어졌으니 경사진 절벽은 하늘의 작품이로다."

흙 담장으로 구획된 자연과 인간의 경계는 은둔과 세속의 경계였다. 담을 따라 흐르는 개울물은 연못을 이루고, 상석을 두어 봉황이 내려앉게 했다. 흐르는 물 위엔 외나무다리를 걸치고, 다섯 번 굽이친 물이 폭포를 이루도록 했다. 넘친 물이 물레방아를 돌리는 동안 오동나무는 그늘을 만들고 목백일홍은 붉은 꽃을 피운다. 소쇄원을 지극히 사랑한 양산보는 후손에게 당부의 말을 남겼다.

"소쇄원은 남에게 팔거나 양도하지 말 것이며, 어리석은 후손의 차지가 되지 말도록 하라."

양산보의 바람은 다행히 끈질기게 이어졌다. 정유재란 당시 일본군에 의해 불에 탄 건물들을 손자가 재건했다. 이후 여러 세대에 걸쳐 후손들이 소쇄원의 전모를 복원시켰다. 15대를 이어온 소쇄원의 역사는 민간의 힘으로 지켜온 아름다운 꽃이다. 현재 소쇄원에 남아 있는 건물이란 고작 세 채에 불과하다. 정사(精舍) 제월당, 정자(亭子)인 광풍각, 입구에 세워진 대봉대가 그것이다. 다행히 이렇듯 비워져 있는 상태로도 감흥은 충분하다.

대학 시절 처음 이곳을 찾았다. 전라남도에 다녀왔다는 것은 곧 소쇄원에 갔다 왔다는 말이다. 열 번도 넘는 답사는 한 번도 지겹지 않았다. 갈 때마다 날씨가 변했고 주위의 모습이 바뀌었으며 옆에 있는 사람이 달랐다. 시간과 정황은 신기하게도 단 한 번도 되풀이 된 적이 없다. 소쇄원의 표정 역시 변검의 가면마냥 다채롭고 변화무쌍했다. 소쇄원에 대한 매료는 세월이 흐를수록 커져만 간다. 지금으로 치면 전문 건축가가 아닌 아마추어의 작품인데 말이다. 이곳에서는 건물의 기능과 미적 감각이 대립하며 공간을 어정쩡하게 만드는 실수를 볼 수 없다. 모든 것이 자연의 일부처럼 편안하게 녹아들어 있다.

실용과 이상은 언제나 반목하게 마련이다. 실용의 세계엔 덧붙여야 할 내용이 가득하다. 조정과 보완을 통해 완성에 다가서는 조심스런 선택과 행동이 전부다. 이상의 세계엔 덧붙여 더 단단해질 내용이 없다.

모두 비우고 남은 단 하나의 선택을 위한 집중이 전부다. 군더더기 없이 단순하고 명징한 이상의 힘은 크다. 인간의 공간이 어떤 모습으로 자리 잡아야 할지 구체적인 그림을 그리기란 쉽지 않다. 선택한 공간에 수없이 머무르며 보고 느낀 동화의 시간만이 확신이다. 양산보는 주춧돌을 옮겨 이리저리 기둥을 세우지 않았다. 이미 결정된 장소에 건물을 들였을 뿐이다.

제월당에 앉아 봄의 살구꽃과 여름 목백일홍의 찬란함을 즐긴다. 가을 대숲의 사각거리는 바람 소리로 귀를 씻는다. 겨울에 눈이 내리면 차분하게 자신을 돌아본다. 가슴으로 느껴야 보이고 들리는 세계가 있다. 소쇄원에 가면 그 세계가 열린다.

날짜를 채우니
반달이 보름달이 되더라

늘 보던 달이 새롭게 다가오는 순간이 있다. 대기가 투명한 밤엔 특히 달이 만져질 듯 또렷하다. 이물질이 떠다니지 않는 선명함이란 얼마나 신선한가. 맨눈으로 달 표면 분화구의 얼룩까지 보이는 경이로움에 감탄한다. 시원치 않은 시력이 갑자기 밝아진 것일까. 평소 보던 달은 달도 아니다. 선명하게 떠오른 달은 각별한 우주로 다가온다.

최근 과학자들은 달이 지구의 생성과 동등한 조건에서 만들어진 별개의 천체란 연구 결과를 내놓았다. 달은 지구 주위를 돌지만, 지구의 부속물은 아니라는 것이다. 지구와 달은 서로의 인력에 의지하며 현재의 궤도를 돌고 있다. 달은 지구의 위성으로 얕보기엔 너무 큰 존재다. 달의 크기는 지구의 1/6이다. 지구의 일방적 영향권 아래 있지 않다는 의미다. 달은 지구의 인력에 빨려들지 않고 안정을 이루었다. 달의 인력은 지구를 끌어당겨 자전축을 기울게 한다.

이는 계절의 변화와 바다의 조석 간만이 생기는 원인이다. 지구에 생명이 유지되도록 해준 상당한 공로는 달의 몫이다.

공전주기와 자전주기를 맞춘 결과로 지구에서는 달의 한 면만 보인다. 인간과 수십만 년을 함께한 달의 뒷면을 보게 된 것은 최근의 일이다. 보이지 않아 더 궁금했던 달의 뒷면은 앞면과 다르지 않았다.

지구와 달은 조화와 균형이란 얼마나 아름다운지 잘 보여준다. 우주에는 일방적 복속과 통합의 억지가 없다. 잘 어울리는 크기와 인력으로 서로를 이끄는 형제의 별은 억겁의 시간이 지나도 여전히 신비롭다. 달 없는 지구란 얼마나 막막하고 외로울까. 아름다움은 대비를 통해 선명해진다. 밝음과 어두움 사이의 은은한 중간자로서, 적당한 균형을 이루며 경쟁하지 않는 달은 변함없이 아름답다.

달의 신비한 매력은 겪어보지 않으면 모른다. 해의 강한 빛에 가린 낮의 달은 작고 여리다. 하지만 밤엔 다르다. 검은 하늘 위로 고혹적인 자태를 드러낸 달은 우아하고 은은하게 빛난다. 교교한 달빛은 사방의 모든 물체를 다른 모습으로 보이게 한다. 또한 달은 단 하루도 같은 모습을 보이지 않는다. 시간의 경과를 몸으로 드러내는 변신을 멈춰본 적이 없다. 특히, 연일 맑은 날이 이어지는 광활한 초원에서 보름 동안 만난 달은 경이로움 그 자체였다.

상현이 차오르는 모습을 관찰해본 적이 있는지. 반달을 하루 넘긴 달의 옆구리는 벌써 볼록하다. 13일이 지나면 둥근 보름달이 된다. 달은 한 달을 주기로 차고 빠짐을 반복한다. 생성과 소멸의 과정을 빛으로 그려낸다. 달이 여성성을 상징하게 된 이유다. 달은 무한한 반복을 오롯이 혼자 이어간다. 빠지면 채우고 넘치면 덜어내는 묵묵한 규칙은 엄정하다. 단축과 연장은 없다. 스스로 빛나고 충만해지는 기쁨이면 족하다. 그런 한결같음이 없다면 지구와 지구 위의 모든 존재가 혼란을 겪을 것이다.

하현의 달은 기울어도 조급한 몸짓을 보이지 않는다. 마치 거대한 흐름에 맞서는 힘겨루기의 무모함을 아는 듯하다. 헛된 의지는 여유의 부드러움을 이기지 못한다. 참고 기다리면 다가올 빛나는 순간의 확신은 축복이다. 달은 줄어드는 제 몸을 참아내고 곧 다시 둥글게 채우며 우리에게 믿음을 준다.

달은 매일 자신과 지구를 돈다. 덜어내고 채우기 위해서도 돌아야 한다. 반복은 무의미한 되풀이가 아니다. 세상은 반복을 통해 완성을 향해 다가선다. 오늘과 다른 새로운 모습을 연마시켜 매일 달라진 자신의 몸을 만난다. 어쩌면 시지프스의 형벌에 비유할 수도 있겠다. 영원히 바위를 밀어 올려야 할 산의 높이도 만만하지는 않다. 달처럼 시지프스도 어제와 오늘의 바윗돌 무게가 얼마나 다른지 즐기고 있을지도 모른다.

달은 조급해하지 않는다. 날짜를 채우면 보름달이 되지만, 그것이 끝이 아니다. 비우기 위한 준비로 잠시 채워졌을 뿐이니까. 둥글게 차오른 달은 보름의 기다림으로 얻은 축제의 빛이다. 달은 어둠 속의 산과 바다를 불러내 빛을 비춘다. 분화구로 가득한 달 표면은 잡티 하나 없는 미인의 얼굴에서 느껴지는 선뜩함이 없다. 찬란한 아름다움으로 모든 것을 보듬는다. 달을 쳐다보고 사는 행복을 왜 진작 몰랐을까?

진작 재미있게 살 것을

『나는 아내와의 결혼을 후회한다』라는 책을 내며 한창 잘나가는 친구가 있다. 대학교수이자 베스트셀러 작자로, 또 기업과 방송국에서 선호하는 인기 연사로 김정운은 눈코 뜰 새 없이 바쁜 모양이다. 성능 좋은 자동차도 그의 바쁜 스케줄을 맞추지 못해 헬기까지 동원해야 겨우 약속을 지킬 수 있다는 이야기도 들었다. 그의 책에는 이런 구절이 나온다.

"사람은 죽을 때 '껄껄껄' 하며 죽는다고 한다. 호탕하게 웃으며 죽는다는 뜻이 아니다. 세 가지 아주 치명적인 실수를 후회하며 '~했으면 좋았을 껄' 하면서 죽는다는 것이다. 첫 번째 껄은 '보다 베풀고 살 껄!'이다. (중략) 두 번째 껄은 '보다 용서하고 살 껄!'이다. (중략) 세 번째 껄은 '보다 재미있게 살 껄!'이란다."

공감이 가는 말이다. 후회 없는 삶의 구체적 방안으로도 들린다. 하나씩 내용을 점검해보았다. 앞의 두 가지는 자신이 없지만 마지막 '재미있게 살 껄'에는 해당사항이 없다. '삶을 놀이처럼'이 평소 나의 지론이니까. 재미를 추구하다 보면 행복으로 이어진다는 문화심리학자의 단정은 명쾌하다. 지쳐 쓰러질 때까지 놀고 또 놀아본 나의 경험으로 봐도 옳은 말이다.

논다는 것은 무엇일까? 좋아하는 일에 재미를 붙여 몰입된 상태를 말한다. 낚시와 등산, 여행과 모험, 골프와 스키, 음악과 독서, 마라톤과 자전거, 사진과 오디오, 사람 만나고 춤추며 노래 부르기, 쓸데없는 공상하기와 술 마시기 등등. 놀잇감은 지천에 널려 있다. 뭔가에 재미를 붙이는 과정까지는 누구나 한다. 이 단계는 별 어려움이 없다. 다음 단계로 들어가야 놀이라 할 수 있다. 재미에 빠져 물불 못 가리는 상태다. 몸은 회사에 있어도 마음은 당구장에 가 있으며, 새로 나온 카메라 생각을 머릿속에서 지우지 못하는 상태. 놀이에 진정으로 빠지면 말려도 듣지 않으며, 돈이 없어도 저질러야 직성이 풀린다.

이 단계까지 접근하는 사람은 생각보다 적다. 우선 주위의 눈총이 만만치 않다. 이렇게까지 해도 되나 싶은 죄의식도 생긴다. 자기도 모르게 써버린 시간과 돈, 구체적 노력은 커져만 간다. 슬슬 원위치로 돌아가야 할 것 같은 관성이 발동된다. 그러다 갑자기 본전을 따지기도 한다. 놀이에 푹 빠져 그간 살피지 못했던 현실적 효용을 가늠하려는 영악함은 당연하다. 자책하고 반성하며 원점으로 돌아가 보지만 얼마 지나지 않아 또 놀이에 빠지게 된다. 세상에 쓸데없는 놀이와 재미는 없다. 즐기기 위해 감당해야 하는 문제가 귀찮고, 게으른 자들이 어설픈 합리로 만든 논리를 따를 뿐이다. 뻔뻔하거나 고집이 있어야 몰입의 상태도 지켜진다.

이유 없는 맹목의 관심이 놀이의 본질이다. 일상에서 큰 가치를 지닌 놀이란 없다. 재미는 현실 너머의 꿈을 먹고 자라는 생명체인 까닭이다. 자신만의 세계에서 펼치는 온갖 상상과 기대가 재미의 내용이다. 혼자 킬킬거리고 흥분하며 긍정과 부정을 넘나드는 시간을 통해 재미라는 심연이 열린다. 앞만 보며 살아왔는가? 어느 순간 채워지지 않는 공허감이 밀려올 것이다. 그때가 바로 새로운 관심을 찾아 기웃거릴 시점이다. 후회와 각오로 시작한 선택은 한동안 유지된다.

놀이의 가짓수를 늘리는 일은 별 도움이 되지 않는다. 여러 갈래로 나뉜 관심을 공평하게 채워줄 몰입의 에너지는 그 양이 많지 않다. 진정한 관심을 선택하고 집중시켜야 자신의 놀이가 된다.

놀아도 미친 듯이 놀아야 진짜 열정이다. 열정의 끝엔 항상 아름다움이 기다린다. 어떤 선택이라도 몰입의 단계로 키우지 못하면 이내 시들해진다. 같은 일을 수없이 반복해 터득한 기량을 세상은 장인이라 부르며 인정한다. 재미 또한 반복을 통해 성장한다. 머리는 단번에 현상을 파악하지만 눈과 귀, 가슴과 손끝은 더디게 터득한다. 머리가 알지 못하는 신체의 기억은 그윽한 향과 지극한 울림을 잊어버리는 법이 없다. 깊게 우려야만 나오는 매운탕 진국의 맛은 혀가 먼저 아는 것처럼 말이다.

재미의 충족 지점은 멀기만 하다. 그 과정을 기다리지 못하고 새로운 놀잇감에 기웃거리는 이들이 많다. 갈아치우는 동안 세월도 흐른다. 안 해본 것이 없지만 잘하는 것도 하나 없는 지경으로 잘못 갈 공산이 크다. 놀이의 진정한 재미는 스스로 잘하게 될 때 순식간에 커진다. 좋아하는 대상을 찾지 못했다는 하소연은 거짓이다. 놀이를 몰입의 단계까지 끌고 가지 못해 손안에 남은 것이 없을 뿐이다. 놀이를 즐기는 사람은 어렵게 풀어가지 않는다. 뛰는 놀이는 튼튼한 두 다리만 있으면 된다. 듣는 놀이라면 매일매일 귀를 날카롭게 연마시키면 된다. 좋아하는 것의 안쪽 깊숙이 다가가는 시간이 바로 재미의 실체다.

인간은 억압 아래에선 진정한 성장을 이루지 못한다. 오히려 스스로 선택한 놀이를 통해 어떤 식으로든 성장한다. 놀이는 꿈이다. 꿈꾸는 동안 우리는 행복해진다. 이득과 명분을 지우고 행동해야 꿈은 쉽게 다가온다. 일상 너머의 가치는 쉽게 알 수도 다가설 수도 없다. 증명과 수치로 정량화되지 않는 탓이다. 사람들이 목숨을 걸고 험한 산에 오르고, 낙하산에 의지한 채 허공에 몸을 던지는 이유다.

눈에 보이는 것이 전부가 아니다. 꿈의 성취이자 이상에 다가서는 놀이는 더 큰 가치에 눈뜨게 한다. 만만한 것은 위대하지 않다는 점을 알게 된다. 마음대로 되지 않고 아무리 파고 들어가도 알 수 없는 삶의 심연은 놀이를 통해 조금이나마 선명해진다. 놀이에 빠져 허우적거리는 시간은 결코 헛되지 않다.

물론 먹고살기 위한 노력들도 중요하다. 세상은 호락호락하지 않다. 낙오하지 않기 위해, 더 높은 목표를 달성하기 위해 잠시도 쉴 틈이 없다. 무슨 여유로 삶의 재미까지 누리느냐는 말이 혀끝에 맴돌 것이다. 여유가 있어서가 아니다. 일만 하다 덜컥 죽을 수도 있는 게 인생이다. 놀이가 있어 허무는 힘을 잃는다.

걱정이
밥 먹여주진 않는다

베이비 붐 세대가 곧 정년을 맞게 된다. 한국전쟁 직후인 1955년에서 1964년 사이에 태어난 이 세대는 궁핍과 풍요를 함께 겪으며 격동의 세월을 살아왔다. 그들의 정신은 과거의 어디쯤과 닿아 있고, 몸은 현재의 혼돈으로 갈팡질팡한다. 부모와 자식 뒤치다꺼리하며 고달픈 이 세대가 가야 할 길은 아득하다. 마음 편히 정년까지 버티는 일도 쉽지 않다. 주위 여건과 분위기 역시 심상치 않다. 좌불안석, 대략난감이다. 빛나는 성과는 아무도 기억하지 않게 된 지 오래다. 패기와 실력으로 무장한 젊은 후배의 성장은 대견하면서 두렵다. 그 누구도 실직이란 단어를 흘려듣지 못한다.

실직의 조짐은 점점 구체적으로 다가온다. 주위 동년배들을 보는 것만으로도 불길한 위기감이 전이된다. 실제 위험한 현장에서 한 발짝 떨어져 있는 불안이 오히려 더 큰 공포다. 웃고 있어도 속은 타들어간다. 50대 남자들 대부분이 같은 증세를 앓는다. 그 아래 세

대라고 크게 다르지 않을 것이다. 인생사 언제 위기가 아닌 적 있었으며, 태평성세를 누려본 기억이 있던가. 풍파는 모습만 다를 뿐 그치지 않는다. 살아 있는 모든 것은 언제나 불안정하고 위태롭다. 안정은 엔트로피의 이동을 멈춘 차디찬 죽음 속에서만 유지된다.

본능은 불안에 대처하라고 명령을 내린다. 다가올 현실에 무력하게 당할 순 없으니 변신이건 변화건 뭐라도 해봐야 할 것 같다. 해법은 불안을 극복해야 보이는 법이다. 분에 넘치는 기대와 근거 없는 낙관은 도움이 되지 않는다. 스스로를 가장 잘 아는 사람은 자신뿐이다. 세상을 바꿀 힘까지는 필요하지 않다. 살다 보면 제 스스로 버틸 최소한의 능력이 더 절실하다.

실직을 바라보는 두 개의 시선을 떠올려본다. 위기를 기회로 바꾸는 노력 혹은 현실에 패배한 좌절의 모습. 누구도 무력한 패배의 삶을 원하지 않는다. 하지만 세월이 흐르고 뒤돌아보면 우리 삶은 성공과 실패 양극단에만 모여 있다. 세상은 어정쩡한 중간의 선택을 성공이라 부르지 않는다. 차라리 잘됐다고 생각하는 긍정적 사고가 필요하다. 당장 코앞에 닥칠 생활비 해결부터 주변의 시선까지 괴로움은 그치지 않을 것이다. 미래의 그림까지 떠올리면 팍팍한 현실은 저릿한 치통보다 덜하지 않다.

덜 먹고 덜 쓰고 덜 바빠 살겠다는 배짱이 필요하다. 고통도 즐기다 보면 쾌감을 느끼게 된다. 사소한 불편을 참지 못하는 관성과의 이별이 중요하다. 두려워했던 것들도 막상 겪어보면 견딜 만하다. 상상 속에서 부풀려진 공포와 괴로움은 막상 부딪치면 조금씩 농도가 희석된다. 어차피 굴욕과 굴종을 감수하며 살아왔기는 과거에도 마찬가지였다.

변화를 받아들이지 못하는 가장 큰 이유는 막연한 두려움 때문이다. 생사여탈권이 외부에 있는 이들의 공통점이기도 하다. 실제보다 부풀려진 두려움은 빨리 떨쳐버리는 것이 좋다. 모든 것을 원점으로 돌려 문제를 짚어보면 긍정의 신호는 언제나 남아 있다.

진정 하고 싶은 일은 얼마든지 있다. 막상 찾아낸 하고 싶은 일이 세상의 관심에서 빗겨나 있거나 하찮게 여겨질지도 모른다. 세상에 우스운 일은 없다. 우습게 보는 사람들만 있을 뿐이다. 손재주가 있으면 물건을 만들고 말재주가 있으면 물건을 팔면 된다. 스스로 선택한 일은 놀라운 재미와 깊이의 세계를 펼쳐준다.

행복을 실제로 보고 싶다면 하고 싶은 일을 하며 살면 된다. 과거의 능력과 직함은 아무짝에도 쓸모없다. 그 자리는 이미 더 능력 있는 누군가가 채우고 있을 테니. 하고 싶은 일은 대개 자잘한 분야에 널려 있다. 자잘함을 키워 더 큰 가능성으로 만들어야 한다. 단조로운 직업군 안에서 일렬로 걸어왔던 이들에게 자잘함은 낯설 것이다. 알지 못했던 분야에 전문성을 더하면 새로운 분야가 열린다. 세분화된 관심으로 들여다본 세상에는 놀랍도록 다채로운 선택이 널려 있다. 또한 혼자서도 삶을 헤쳐 나갈 수 있다는 희망을 품는 것이 중요하다. 희망에 행동을 더하면 출발이다. 희망은 그 어떤 논리적 판단보다 훨씬 큰 힘을 발휘한다. 주체적 삶을 살기 시작하면 덜 괴롭고 더 자유롭다.

"쫓고 쫓기기만 하는 밥벌이의 패턴은 과연 정당한가. 관계의 외형에 더 치중하진 않았을까. 필요 이상 너무 많은 것을 누리며 살진 않았을까. 무엇 때문에 항상 바빴을까. 진정 중요한 일에 최선을 다했을까. 무리한 욕망으로 괴로워하진 않았던가."

변화와 함께 시작되는 성찰은 또 다른 행복의 가능성을 열어준다. 나 역시 직장생활을 할 때 한 번도 마음 편하게 바다를 바라보지 못했다. 흐드러지게 핀 벚꽃의 아름다움도 온전하게 받아들이지 못했다. 눈앞의 풍경과 아름다움을 자신의 것으로 인식해야 의미가 생긴다. 진심으로 받아들이고 즐기다 보면 세상이 새롭게 보인다.

주체적 선택의 세계는 첫발을 뗄 때의 고통이 점차 쾌감으로 바뀌는 연결고리 형태를 하고 있다. 처음에는 어렵지만 곧 익숙해지고 새로운 방법을 찾게 된다.

직장을 그만둔 이후 많은 일을 겪었다. 힘들긴 했지만 괴로워한 적은 없다. 10여 년의 시간을 행복으로 채우기 위해 노력해왔다. 내가 해줄 수 있는 말은 한 가지뿐이다. 걱정이 밥 먹여주진 않는다. 스스로 행복해지면 살아갈 방법은 얼마든지 열린다.

기쁨이란
정신이
좀 더 높은 상태로
옮아가는 것

가끔 언론 매체의 인터뷰 요청을 받는다. 알량한 책 몇 권 내고 신문과 방송에 얼굴이 팔린 덕분이다. 세상의 관심이 싫지 않다. 내 책과 사진을 많은 사람들이 사줘야 살아가는 사람인 탓이다. 그동안 해온 작업과 활동은 모두 대중과의 소통이 전제였다. 자신을 알리는 좋은 홍보수단인 인터뷰를 환영한다. 수락 조건은 작업실에서 인터뷰하자는 것뿐이다. 기자들의 불편을 강요하며 일산까지 오게 하는 이유가 있다. 자신의 공간을 보여줌으로써 인터뷰어의 단편적 연상에서 오는 왜곡을 막아보려는 조치다. 사는 모습을 직접 들여다보는 일은 한 사람을 일목요연하게 파악하기에 좋은 방법이다. 지하층을 뜻하는 B1에서 따온 이름 '작업실 비원'은 나를 반영하고 있다.

커다란 탄노이 오토그래프와 여섯 대의 진공관 앰프, 여기에 연결된 국수 면발 같은 오디오 케이블, 천장까지 닿을 만큼 높게 쌓인

LP와 CD, 전파상을 연상시키는 별의별 부품과 연장, 높은 파티션으로 가려진 책상에서 어지럽게 돌아가는 3대의 컴퓨터 모니터, 온갖 종류의 책들이 삐죽삐죽 꽂혀 있는 책꽂이, 테이블 위에는 어제 마신 커피 잔이 그대로 놓여 있다. 탁자 앞에는 지난밤 늦게까지 들었던 CD와 LP 재킷이 수북이 쌓여 있다. 책상 위엔 일주일의 행적이 비늘처럼 중첩되어 흩어져 있다. 온갖 물건들이 정신없이 널려 있는 곳이 바로 비원이다. 난 정리정돈을 관장하는 두뇌 회로가 망가진 사람이다. 물건을 흩뜨려놓는 습관은 즐거웠던 시간을 잊지 않기 위한 것이라 우겨본다.

작업실에 들어선 기자들의 반응은 감탄 아니면 어깃장 둘 중 하나다. "와! 이렇게 큰 스피커로 듣는 음악 정말 멋져요." "참 독특하게 사시네요." 어떤 반응이건 공통점은 생소한 생활방식에 당혹감을 느낀다는 것이다. 비원에서 풍기는 타인의 시선을 의식하지 않는 자유로움이 낯선 것일지도 모르겠다.

외부 일정이 없으면 나는 온종일 사면이 막힌 공간에서 홀로 뒹굴며 시간을 보낸다. 주위엔 아무도 없다. 문득 외로움이 밀려오면 혼자 재미있게 놀 방법을 찾는다. 비원에 있는 온갖 잡동사니와 함께 논다. 같이 놀아줄 사람이 없으므로 더 재미있는 놀이는 필수다. 놀이는 몰입의 강도를 키울수록 재미있다. 해볼수록 모르는 부분이 더 많은 애매한 놀이, 무한의 기량을 요구하는 놀이, 쉽게 가질

수 없어 애태우는 놀이가 최고다. 쉽고 만만한 놀이는 금방 흥미를 잃어버린다. 일회성의 짜릿함도 사절이다. 지속되지 못하는 즐거움엔 저릿한 감동이 없다.

나는 한 번 잡은 놀이는 최소 10년, 길게는 30년을 이어왔다. 놀수록 재미있어진다는 게 이유의 전부다. 놀이에 빠져 있는 동안에는 딴 짓을 할 틈이 없다. 잘해봐야 쓸데없고, 무한대의 비용과 노력을 요구하는 놀이를 이어오면서 괴로울 때도 있었다. 하루 24시간을 쪼개봐도 온전히 놀이를 위한 가용 시간을 확보하는 것은 쉽지 않다. 남들보다 더 많은 시간을 들인 이유는 간단하다. 머리가 나빠 단번에 파악하지 못했거나, 신경이 무뎌 반복하지 않으면 익숙해지지 않아서이다.

그럼에도 놀면서 고통을 느낀 적은 없다. 기쁘기 위해 노는 시간이 괴롭다면 내팽개쳐야 옳다. 철학자 스피노자는 이런 말을 했다. “기쁨이란 정신이 좀 더 높은 상태로 옮아가는 것이다.” 이를 반대로 뒤집으면 이런 말이 된다. “고통이란 정신이 저급한 상태로 옮겨지는 것이다.”

스피노자의 이론대로라면 내 정신은 높은 곳으로 올라가지 않았을까. 음악과 오디오란 놀이는 위대한 아티스트를 만나게 해주었다. 클래식과 재즈, 국악을 섭렵하며 다채로운 감동을 맛보았다. 낡은 레코드판을 돌려가며 보낸 시간은 헛되지 않다. 음악이 준 위안과 감동의 깊이만큼 정신도 성장했으리라 믿는다.

좀 더 제대로 놀기 위해 쓸데없는 모임이나 행사 참석은 가급적 피한다. 지나간 화제와 남의 이야기로 채워지는 반복은 필요 없다. 세상엔 알고 듣고 느끼며 교감해야 할 새로운 일들이 산더미처럼 쌓여 있다. 느슨한 관계의 달콤함을 포기하면 묵직한 성취를 하나쯤은 얻게 된다. 누추한 비원을 사랑하는 이유는 단순하다. 나와 놀아주고, 또 다른 나를 키워준 학교가 바로 비원이기에.

부드럽게
서로를 어루만지자

강원도 홍천군 서면 모곡리의 느티나무에는 한때 노란 리본이 걸려 있었다. 바람에 휘날리는 리본들은 설치미술작품 같았다. 그 광경을 처음 보았을 때 오래전 토니 올란도와 돈이 부른 노래 'Tie a Yellow Ribbon Around the Oak Tree'가 떠올랐다. 황급히 차를 멈추고 나무 앞으로 다가갔다.

3년 형기를 마치고 돌아온 사나이가 애인에게 여전히 사랑하고 있다면 참나무에 노란색 리본을 달아달라는 노래가 눈앞에서 흔들리고 있었다. 내가 돌아온 애인도 아니건만 노래의 주인공이 된 심정이었다. 느티나무를 노란 리본으로 뒤덮은 사연이 궁금했다. 노래 속에서 리본은 사랑을 받아주겠다는 환영의 뜻이다. 모곡리의 노란 리본은 한적한 시골 마을에 들어설 고압 변전소 설치 반대의 표시였다.

시위 현장에선 늘 섬뜩하고 살벌한 반대 구호들만 보아왔다. 이

처럼 부드럽고 아름다운 항의의 표시는 본 적이 없다. 붉은 머리띠를 두른 격앙된 표정의 주민들도 보이지 않았다. 이해 당사자들이 보이지 않는 희한한 농성장은 평화롭기만 했다. 핏대를 올리며 악쓰는 이와 이를 막는 이들의 극한 대립도 없었다. 느티나무의 노란 리본만 햇빛을 받아 투명하게 팔랑거리고 있을 뿐. 이해와 상생의 묘책을 찾는 부드러운 항의는 주변을 압도했다.

모곡리 주민들의 행동은 합의를 거친 결정이라 더욱 돋보였다. 변전소의 위치는 주민의 뜻을 반영하고, 시설은 환경 친화적으로 해달라는 것이 그들의 요구였다. 지역의 이익만을 챙기는 님비현상과는 거리가 멀었다. 사안을 다각도로 포용하는 합리적인 협상이 주민들이 원하는 바였다.

갑자기 현장에서 숱하게 보았던 시위라는 행위가 부쩍 낯설게 느껴졌다. 거친 항의를 부드럽게 녹인 노란 리본은 시위라기보다는 오히려 예술 행위에 가까웠다. 마음을 움직이는 호소력이 리본에 실려 멀리 퍼진 듯했다. 당사자가 아닌 사람들마저 관심을 갖게 만드는 힘이 있었다. 부드러움은 강함을 감싸는 여유가 있다. 주민들 역시 사회 구성원의 하나로 정부 시책의 필요성을 공감했을 것이다. 함께 어울려 산다면 공동의 이익을 실현하는 해법도 받아들여야 한다. 극한 대립의 결과로 얻은 상처의 골은 크다. 조화의 접점을 찾지 못하면 편파적인 불균형으로 마무리되기 십상이다. 같이 망하는 것보단 서로 흥하는 것이 해법이다. 필요 이상의 피해의식으로 법 위의 법을 신봉하는 투쟁은 피곤할 뿐 실상 얻을 게 별로 없다. 조정의 여지를 남기는 관용이 여유의 모습이다. 서로 머리를 맞대 끌어낸 타결은 모두의 승리로 이롭다.

모곡리 주민의 노란 리본은 결국 효과를 보았다. 웃는 낯에 침 뱉지 못한다는 속담은 괜한 말이 아니었다. 평온하고 아름다운 투쟁은 큰 성과를 얻어냈다. 예술의 우회적 항거는 현실의 수용으로 빛을 보았다. 나보다 상대를 부드럽게 어루만진 덕분이다. 노란 리본의 마법은 여기서도 통했다.

교감,

온 마음으로 영접하는 것

봄날의 가운데 4월, 경북 봉화를 거쳐 강원 영월로 접어들었다. 비가 부슬거리며 내리던 산에 진달래꽃이 피어 있었다. 오라고 청한 이도 없고, 갈 곳도 정하지 않은 숲 속에 홀로 들어선 것은 나만의 봄을 느끼고 싶어서였다. 청승맞은 봄맞이는 그래도 좋았다. 뽀송하던 신발은 비에 젖고, 풀숲은 비를 맞아 색이 한층 진해졌다. 태백산맥 깊은 골엔 그제야 진달래꽃이 만발했다. 드문드문 피어 있는 진달래는 비에 젖어 선홍으로 선명하다. 제철을 맞은 진달래는 고단했던 겨울의 회한을 떠나보내게 한다. 시커먼 풀숲과 선홍색 진달래꽃의 대비는 처연했다. 궂은비가 멈추지 않고 바람이 부는 풀숲은 어두컴컴했다.

홀로 때론 여럿이 몰려 피는 진달래는 바짝 다가가서 보는 꽃이 아니다. 유치한 색감과 볼품없는 꽃잎은 저희들끼리만 조화되는 촌스러움이 있다. 너무 멀어도 문제다. 적당히 거리를 두고 보는

것이 진달래꽃과 어울린다. 진달래 한 그루의 직경은 2미터를 넘지 않아야 제격이다. 진달래는 지나치게 많이 뭉쳐 있어도, 홀로 떨어져 있어도 보는 감흥이 떨어진다. 뭉쳐 있는 진달래꽃은 혼란스럽고, 홀로 있는 진달래꽃은 처량하고 쓸쓸하다.

나는 마음에 둔 진달래꽃은 20미터 내외의 거리를 두고 떨어져서 본다. 나뭇가지가 분간될 정도의 거리다. 아직 잎이 돋아나지 않은 메마른 가지들을 배경으로 진달래꽃은 얼굴을 내민다. 진달래꽃이 핀 숲길을 지나며 계속 가다 서다를 반복했다. 꽃에 홀린 것이 분명하다. 넋을 잃고 바라보고 사진을 찍다가 다시 걷고 또 멈추었다. 진달래꽃이 아니라면 처음 본 동네 어귀를 서성이진 않았을 것이다. 연분홍 색채를 더했을 뿐인 숲 속은 향수가 번질 때처럼 매혹으로 가득했다.

그날 비에 젖은 진달래꽃이 만발한 산을 마음껏 즐겼다. 부지런 떨며 일찍 길을 나선 덕분이다. 영월의 진달래꽃은 다음 해에도 어김없이 핀다. 비 맞은 진달래를 다시 볼 기약은 없다. 꽃은 누구도 기다려주지 않는다. 제때에 온 마음으로 영접하고 다가서야 교감의 행복은 내 것이 된다. 내일이면 진달래꽃 핀 풍경은 사라져버린다. 인간과 진달래의 시간은 다르다.

극한으로의 달리기

폭우라는 표현이 부족할 정도로 겁나게 비가 내리는 날이면 떠오르는 기억이 있다. 영동고속도로에서 벌였던 무모한 레이스다. 한때 즐기던 취미 중 하나가 운전이었다. 운전에 한창 빠져 있을 때 늘 더 빠른 속도를 원하며 더 위험한 장소를 찾아가 자동차와 자신을 시험하길 즐겼다. 운전의 쾌감은 위험할수록 짜릿하다. 특히나 빗속 운전은 쾌감이 한층 더 상승되곤 했다. 희뿌연 빗줄기를 뚫고 고속으로 질주하는 짜릿함은 경험하지 않은 이는 모른다

억수로 쏟아지는 빗속을 시속 140킬로미터로 달렸던 그날. 영동고속도로에서 만난 검정색 그랜저가 기막힌 운전 솜씨로 내 앞을 가로질렀다. 순간 그 차를 따라잡기로 마음먹었다. 당연히 이유는 없다. 나를 추월했으니 괜히 오기가 발동한 것뿐이다.

장대비가 쏟아지는 고속도로에는 내 차와 검정색 그랜저 단 둘

이었다. 내가 따라붙자 그랜저는 더욱 속력을 냈다. 나도 속력을 높였다. 내가 바짝 붙으면 그는 이내 속도를 올려 저만큼 앞섰다. 그랜저 역시 나를 의식하고 있음이 분명했다. 게임이 되어버린 빗속의 레이스다. 앞서거니 뒤서거니 쫓고 쫓기는 추월과 가속 경쟁은 한동안 이어졌다. 물로 뒤덮인 도로를 질주하는 타이어는 벌써부터 수막현상을 일으키고 있었다. 수상스키를 타고 있는 것과 마찬가지였다. 핸들을 꺾거나 브레이크를 밟으면 어떻게 될지 모르지 않았다.

속도계는 140킬로미터까지 치솟았다. 왜 이런 무모한 지경에 빠졌는지 따지긴 늦었다. 시야는 여전히 뿌옇고 얼음처럼 차가운 공포가 온몸에 스며들었다. 그랜저 또한 나와 다르지 않았을 것이다. 그러나 속도를 더 높여 나를 앞서 달리는 담력이 놀라웠다. 잠시 망설였다. 속도를 더 높여 이겨볼까 아니면 힘겨운 레이스를 포기할까. 머뭇거리는 찰나, 그랜저는 시야에서 사라졌다. 세차게 퍼붓는 빗줄기만 차를 두드리고, 도로는 빗물로 흥건했다. 운전깨나 한다는 은근한 자부심은 그렇게 무참히 깨졌다.

속도는 곧 담력의 표시다. 무모한 게임은 자기 자신과의 싸움에 가깝다. 속도를 줄인 것은 죽음을 떠올리고만 나 자신이었다. 그랜저는 위험을 감수하고 무모한 결단을 행동으로 옮겼을 뿐이다. 물론 합리와 안전을 무시한 무모함은 비난받아 마땅하다. 하지만 죽음의 직전까지 내달렸던 젊은 날의 치기는 부끄럽지 않다. 적어도 나에게는 자신의 한계를 시험하는 일이 필요했다. 그날 빗속의 레이스는 공포를 다스리는 법과 머릿속에 맴돌던 속도의 욕구를 잠재웠다.

겁나게 비 오는 날, 고속도로에 오르면 항상 그 검정색 그랜저가 떠오른다. 극한의 상태에 놓이면 깨달음 하나는 건지게 마련이다. 때로 무모함은 아낄 필요가 없다. 희미한 진실은 행동으로 분명해질 테니.

봄꽃은
오직
봄에 피어날
뿐이다

새잎이 돋는 봄날의 산은 황홀하다. 비를 흠뻑 맞은 땅은 나무의 에너지를 한데 응축시켜 신선한 녹색을 뿜어낸다. 아름다움은 언제나 처절함과 맞닿아 있다. 추위와 메마른 공기는 개화를 방해하고 온기와 습도는 상냥하게 도와주는 법이 없다. 건조한 땅을 적신 봄비는 꽃을 피워야 한다는 의무만을 일러준다.

겨우내 웅크렸던 나무들은 언 땅을 비집고 빨아들인 물기에 의지해 꽃을 피워야 한다. 내일 또는 모레로 연기할 수 있는 일이 아니다. 자연의 시간은 기다려주지 않는다. 봄을 놓치면 아쉬워하며 1년을 기다려야 한다. 아름다움과 마주할 기회도 항상 찾아오지 않는다. 오늘 물기를 머금고 부드러워진 나뭇가지는 내일 당장 꽃을 피울 테고, 곧 잎이 돋아날 것이다. 그 광경을 보고 싶다면 때를 놓쳐선 안 된다.

길고 긴 겨울의 고독과 목마름을 묵묵하게 견디고 새살을 얻은 녹색은 경이롭다. 구정물과 썩은 양분으로 빚어낸 꽃과 잎이 아름답기에 나무는 허망하지 않다. 새잎의 감촉은 어린 아이의 맨살처럼 보드랍다. 작은 잎에 새겨진 잎맥에는 1년의 지도가 담겨 있다. 작고 어린 새 이파리는 그 자체로 독립된 우주다.

봄은 꽃놀이, 녹색놀이를 치러야 하는 계절이다. 꽃은 곧 지며 녹색은 순식간에 짙어진다. 아름다운 풍경은 오래 가는 법이 없다. 꽃의 향기를 맡고 새싹의 여리고 보드라운 감촉을 느껴야 봄은 온전하게 다가온다. 멀어서 가지 못하고 바빠서 함께하지 못하는 머나면 비경과 경이로움은 자신의 몫이 아니다.

지난 봄, 좋아하는 이들에게 눈앞의 황홀경을 보여줘야 도리라는 생각이 떠올랐다. 즐거움은 나눌수록 커지며 고통은 덜어내야 가벼워진다. 소풍은 일부러 자리를 만들어야 성사된다. 꽃놀이를 서둘러 제안했다. 꽃이 만발한 나무 아래 솥단지 하나 걸고 진달래 화전을 부쳐 먹으며 노는 놀이. 하지만 소풍은 아무도 떠나지 못했다. 바쁘고 차편이 없다는 사소한 이유 때문이었다. 황홀한 그 풍경은 며칠 후면 사라질 텐데.

꽃이 피긴 어려워도 지는 것은 잠깐이다. 절정의 아름다움과 마주치는 순간에 누군가 곁에 있으면 하는 바람이 생기는 것은 당연하다. 화전을 부칠 솥단지는 준비했고 꽃잎도 이미 따놓았다. 바닥에 깔 돗자리와 향 좋은 술도 준비했다. 나누고 싶은 사람과 함께하지 못하는 아름다움은 아쉬움만 남긴다. 서로의 시간을 합치면 한 층 더 빛날 풍경은 하루 이틀 지날수록 사라져만 간다.

단 하루의 시간도 공유하지 못하는 관계는 덧없고 쓸쓸하다. 화사한 산중의 봄을 사랑하는 사람들과 함께 즐기고 싶다. 아름다운 풍경을 함께 나눌 수 있는 사람이 곁에 있어야 축복이다. 시간을 공유하지 못하면 함께 나눌 기억과 이야기가 영영 쌓이지 못한다.

잘난 사람의 여러 능력 가운데 으뜸은 보고 싶은 사람을 불러내 앞에 앉힐 수 있는 힘이다. 그 바탕에는 상대의 시간을 빌릴 수 있는 더 큰 여유가 있다. 인생의 소중함이 어디서 비롯되는지 알기 위해서는 생각보다 치밀한 준비와 성의가 필요하다. 미리 약속을 해 시간을 비워놓고 차편과 숙소를 챙기는 세심한 배려도 필요할 터. 좋아하는 사람을 불러내고 싶다면 정성을 들여야 한다. 봄꽃은 오직 봄에만 피어나고 그 자리에 있지 않으면 보이지 않으니 말이다.

Luxury
Edition

친구는
많으면 많을수록
좋다

누군가에게 넋두리를 늘어놓고 싶을 때가 있다. 그런데 내가 원할 때 상대는 너무 바쁘다. 상대가 원할 때엔 내가 바쁘다. 이젠 아무리 친한 친구라도 시간과 장소를 미리 정해야 만날 수 있다. 감정은 여전히 충동적이고, 만남은 사무적으로 바뀐다. 상대의 시간에 아무 때나 불쑥 뛰어들어도 괜찮았던 시절은 기억 저편에서 아련하나.

나이가 들수록 주변에 친구가 하나 둘 줄어든다는 사실을 깨닫는다. 내 심정을 터놓고 하소연할 상대가 거의 없다는 자각은 충격적이다. 각자의 공간에 우두커니 서서 시선은 엇갈리고 제 갈 길만 가는 쓸쓸함. 이젠 길을 걷다 우연히 옛 친구를 만날 확률은 제로에 가깝다. 친구는 멀고 외려 단골 술집 주인만 곁에 남아 있다.

외로움은 덜어내야 가벼워진다. 잘 통하는 사람끼리 밥과 술을 먹으며 말의 성찬을 나누자. 수다로 풀어질 외로움이면 다행이다.

말조차 들어줄 사람 하나 없다면 절망이다. 말로 해소가 안 되면 몸을 쓰는 것도 방법이다. 산에 오르고 자전거 페달을 죽어라 밟아대며 울트라 마라톤으로 혹사당한 몸에 외로움이 끼어들 틈은 없다. 그렇게 해도 가시지 않는 외로움이 문제다. 관계의 고독보다 더 강력한 존재의 외로움. 이는 공부와 수련을 통해 거의 도를 닦아야 해결되는 근원의 고통이다. 그러니 존재의 외로움을 달고 사는 사람은 거의 없다. 폼 나게 사는 모습 이면엔 그것을 지키기 위한 처절한 노력이 있다.

외로움은 제때 잘 풀어야 커지지 않는다. 괴롭고 슬플 때 엉엉 울고, 기쁠 때 미친 듯 웃는 것도 좋은 방법이다. 혼자 거울이라도 보며 울고 웃어야 한다. 소리가 신경 쓰인다면 목욕탕 수도꼭지라도 틀거나 이불을 뒤집어쓰면 된다. 울고 웃으며 외로움을 풀어야 정신이 건강해진다. 혼자서 해결이 안 되면 혼돈을 진정시켜줄 사람이 필요하다. 외로움을 함께 삭혀줄 좋은 친구가 약이다. 슬플 때 옆에서 우는 일은 누구나 한다. 진짜 좋을 때 함께 울면서 공명해주는 사람이 진정한 친구다.

젊은 시절의 우리는 어떤 방식으로건 친구와 경쟁한다. 신분과

격차를 의식하고 성격과 능력의 우열을 따지며 보이지 않는 질시를 한다. 승승장구하는 친구의 성장을 온전히 함께 기뻐해주지 못하는 속내가 있다. 나이 들어서 가장 좋은 것 중 하나는 더 이상 친구와 경쟁하지 않는 화평의 순간을 맞는 일이다. 반목하는 친구를 만날 일도 없다. 비로소 서로를 객관화하고, 존중하는 여유가 생긴다. 이처럼 긴 과정을 거치고 내 곁에 남아 있는 친구가 살갑지 않을 리 없다. 오랜 세월 지켜본 친구가 빛나면 자부심도 함께 커진다.

그런 친구는 가만히 있으면 생기지 않는다. 우정은 시간과 기억으로 빚은 작품이다. 외로운 시대에 좋은 친구를 두었다면 축복이라 할 만하다. 아직 그런 친구를 갖지 못했다면 어떻게든 만들어 나가야 한다. 친구와 오래가기 위해선 과거의 추억만으로는 부족하다. 현재의 관심과 시간을 짙게 공유할 수 있어야 좋은 친구다. 공통의 화제와 관심은 풍부할수록 좋다. 맛있는 음식과 영화, 음악과 책, 여행 등 나눌 취미들은 얼마나 많은가. 진지하거나 웃기거나 즐거운 모든 순간이 모여 우정이란 감동을 엮어간다.

만나서 잡담과 황당한 꿈 얘기로 낄낄거릴 수 있는지, 서로의 연애사에 관해 얼마나 소상하게 알고 있는지, 얼마나 자주 휴대폰 배터리가 소진될 때까지 대화를 나누었는지, 함께 먹은 국수 면발의 길이가 서울과 부산을 몇 번 왕복할 수 있는지. 내가 생각하는 친소를 가늠하는 척도다. 함께한 시간, 정서적 동질감으로 이해되는 비밀과 응어리의 양은 많을수록 좋다.

무지개는 비가 내려야 볼 수 있다. 빗속을 걷는 것을 불편하게만 여긴다면 자신의 무지개는 뜨지 않는다. 아무리 바빠도, 먹고살기 힘들어도 좋은 친구를 곁에 두기 위한 노력은 게을리 하지 말아야 한다. 마음을 나눌 이가 없다면 스스로 감옥을 만들게 된다. 기쁜 날, 함께 울고 웃어주는 친구가 있다는 사람이란 얼마나 부러운가.

모든 것은 지나가버린다

순천만 갯벌을 뒤덮은 갈대숲은 광활했다. 버스를 대절해 계절 명소를 찾아온 아주머니들은 마냥 즐거워 보였다. 자연보호라는 경고가 쓰인 난간은 갈대밭의 장관을 해치는 장애물일 뿐이다. 누가 먼저랄 것도 없이 아주머니들은 난간을 넘었다. 사소한 일탈 앞에 뒷일 따위는 아무도 신경 쓰지 않는 듯했다. 멋진 갈대숲에 들어서며 친구들은 동시에 공범이 됐다. 카메라를 향한 그들은 밝은 표정으로 서로를 꼭 껴안으며 같은 순간을 공유한 증거를 선명하게 남겼다. 조금이라도 더 멋진 모습으로 찍히고 싶은 아주머니들의 갖가지 요구가 이어졌다. 애꿎은 사내는 디카를 이리저리 들이대며 임무를 수행했다. 그녀들과 일행으로 보이는 남자는 정작 사진의 주인공이 될 기회를 갖지 못했다. 단체사진에 이어 독사진까지 찍어주어야 했기 때문이다.

그들은 아마도 이곳을 다시 찾지 못할 것이다. 아무리 멋진 갈대밭이 있다 해도 먹고사는 일보다 중요하지 않다. 고단한 일상은 한 번 갔던 장소를 다시 찾을 여유를 주지 않는다. 살면서 넘치는 순간을 지속하는 사람은 없다. 불안과 결핍은 모든 인간이 숙명처럼 받아들여야 하는 원죄다. 문득 흐른 세월은 잔인할 것이다. 가을날 광활한 순천 갈대숲에서 맞은 세찬 바람과 오랜만의 파안대소는 어느새 머나먼 과거의 일이 되었으니.

여기서 찍힌 사진 한 장으로 기억은 되살아난다. 사진 속의 자신은 지금의 모습이 아니다. 피부는 훨씬 팽팽했고 잔주름도 없었으며 이가 빠져 홀쭉해진 볼도 없다. 벌써, 하는 탄식이 새어나오는 것은 당연하다. 불현듯 늙어버린 자신의 모습에 당황할지 모른다. 변한 것은 얼굴만이 아니다. 나름대로 신경 썼다 여겼던 몸뚱이도 여기저기 노화의 증세로 삐걱거린다. 무릎의 관절은 아픔을 호소하며 침침해진 시력은 세상과 나 사이에 흐릿한 막을 드리운다.

다른 사람은 아무도 눈치채지 못하는 증상들이 늘어난다. 말로 옮기면 싱겁고 사소해 보이는 노화의 증세는 매일 숫자를 더한다. 의사를 만나 심각하게 털어놓은들 누구나 겪는 갱년기 증상일 뿐이다. 그렇지 않다고 우겨봤자 돌아오는 답은 핀잔과 경고다. "더 열심히 운동하고 식이요법으로 체중 조절해서 몸 관리하고 반드시 술, 담배를 끊어야 합니다." 의사의 처방은 열이면 열 모두 똑같다.

자잘한 신체적 증상은 마음까지 흔들어놓는다. 인간은 대의에 맞설 때 가장 용감하게 마련이다. 제아무리 목숨을 걸고 독재 권력과 싸웠던 민주투사라도 노화의 증상 앞에선 힘없이 무너진다. 당장의 걱정과 근심이 늘어 머릿속에 늘 불안을 키우게 된다. 노화의 증세가 해결되지 않는 불안과 겹치면 우울은 놀라운 속도로 증폭된다. 자신감은 줄어들고 팔팔하던 패기는 시들해진다. 좌중을 돌아보면 어느새 자신이 최고 연장자가 된 지 오래다. 선배들의 조언이란 대개 체념하고 수긍하라는 말뿐이다. 백 마디 위로도 귀에 들어오지 않는다. 인정해서 뭘 어쩌란 말인가? 속 시원한 해법 없이 늙음과 맞닥뜨리면 도무지 희망이란 없다.

"모든 것은 지나가버린다."

작가 무라카미 하루키가 한 명언은 얄밉도록 날카롭게 시간을 정의한다. 지나가버리기에 매 순간이 소중하다. 간신히 의지로 잡아둔 시간만이 내 몫으로 돌아온다. 인생의 덧없음을 사랑하는 수밖에 없다. 오늘을 소중하게 가꾸어야 한다. 시간 앞에 스러지는 모든 것은 슬프다. 슬픔을 기쁨으로 메워야 덜 억울하다. 이미 스러진 시간은 어쩔 수 없다. 기쁨으로 삶을 채우는 것은 의지로 얼마든지 가능하다. 그러기 위해선 현재의 자신을 진단하는 성찰이 필요하다. 스스로 행복하려는 노력이 기쁨을 만든다. 행복해지기 위한 방법은 차고 넘친다. 인간 모두의 관심사인 까닭이다. 누군들 행복해지는 방법을 몰라 못할까? 문제는 실천이다.

행복은 자기가 하고 싶은 일을 할 때 저절로 다가온다. 외부의 강압과 의무감에 움직이지 말고, 스스로 선택하는 즐거움을 누리라는 뜻이다. 행복의 방법은 동서양이 다르지 않고 과거와 현재가 멀지 않다. 어렵게 생각할 필요 없다. 중요한 일부터 먼저 하고, 불필요하게 욕망을 누르지 않으면 된다. 원하는 바를 솔직히 드러내고 빨리 해소시키려는 노력이 중요하다. 그래도 모르겠다면 우선 이렇게 하면 된다. 좋은 사람과 사랑하고 맛있는 음식을 먹으며 즐거운 기억으로 시간을 채울 것!

마이웨이: 윤광준의 명품인생

초판 1쇄 발행 2011년 2월 15일
초판 2쇄 발행 2013년 5월 10일

지은이 윤광준
펴낸이 정상준
펴낸곳 ㈜그책

기획 정상준
편집 임윤정
마케팅 북새통㈜
관리 최혜원
디자인 디자인스튜디오 203
종이 두성페이퍼
인쇄·제본 새한문화사

출판등록 2008년 7월 2일 제322-2008-000143호
주소 서울시 종로구 내수동74 광화문시대 811호
전자우편 thatbook@thatbook.co.kr
전화번호 02) 3444-8535
팩스 02) 3444-8534

ISBN 978-89-94040-13-4 03810